Jean Marc Baude

LA TRAVERSÉE

DADASCO-EDITIONS

Remerciements à Isabel Mazeau Climent pour sa relecture.

Le village de la côte

De port, bien qu'il n'en eût pas vraiment l'apparence, l'endroit, non seulement en portait fièrement le nom mais encore en tenait la fonction ; il ne s'agissait en réalité que d'une étendue de sable roux, assez grossier, sur laquelle les barques étaient tirées à l'aide d'un lourd et encombrant système de treuils, de poulies et de câbles pour être amenées, chaque soir, face aux maisons de pêcheurs aux façades exagérément colorées que le soleil, astre patient par excellence, s'efforçait de blanchir. Les fragiles embarcations passaient ainsi la nuit partiellement protégées d'éventuelles intempéries qui étaient certes rares dans la région mais toujours d'une grande violence.

De chaque côté du port donc, puisqu'il faut bien l'appeler par ce nom, s'étendaient deux vastes plages. Celle qu'on appelait du levant se déployait rectiligne sur plusieurs kilomètres pour finir par laisser place à une falaise de calcaire d'une blancheur exceptionnelle qui plongeait directement dans une mer calme et reposée. La plage du couchant dessinait au contraire une large courbe qui se terminait par un amas de rochers aux couleurs sombres et aux allures peu engageantes : des récifs aux pointes acérées qu'une mer, violente et obstinée, modèle elle aussi de patience, essayait en vain d'adoucir à coups de vagues répétées.

Un étroit chemin de terre rouge, consolidé de galets, le long duquel se dressaient quelques estaminets aux devantures bariolées, longeait la plage de l'est. Dans ces sympathiques gargotes, les villageois écoulaient, auprès des quelques rares touristes étrangers qui s'aventuraient à la recherche d'un exotisme et d'une authenticité quelque peu surfaite, la majeure partie de la pêche du jour et parfois de la veille.

La plage de l'ouest quant à elle semblait beaucoup plus étrange et nettement moins accueillante. Nulle construction ne s'y dressait hormis une ancienne tour de guet aux allures hostiles datant d'une époque où les chrétiens s'employaient encore à se prévenir de fréquentes attaques mauresques. Ce bâtiment, construit uniquement en pierres sèches, se situait sur une petite colline surplombant la grève.

Au large, comme surgissant du bleu de la mer, à environ quatre kilomètres, un énorme bloc de pierres sombres semblait avoir été jeté là par hasard. L'île, puisque c'est ainsi l'appelaient les autochtones, était recouverte d'une maigre végétation constituée principalement d'épineux. Son flanc oriental glissait lentement jusqu'à l'eau alors que le versant ouest s'y jetait de manière abrupte. Aucun être humain n'aurait eu l'audace de l'habiter. Elle n'abritait que les oiseaux de passage, quelques migrateurs qui venaient chaque année chercher en ce lieu quelques instants de repos afin de poursuivre un voyage dont eux seuls vraisemblablement connaissaient l'exacte destination.

À cette époque, Gaston qui n'avait pas encore 20 ans remontait sur Paris et se dirigeait en conséquence au volant d'une Ford Taunus des années soixante dix vers la frontière française. Il s'efforçait de garder le silence. Accompagné d'une sœur ainée et d'un beau-frère avec lesquels il ne tenait à partager aucune inclination, les ennuyeuses vacances qu'il venait de passer autour de Madrid n'avaient à son goût que trop duré. En réalité, il aurait souhaité traverser la région le plus rapidement possible pour échapper à une compagnie qui, au fil des jours, lui était devenue de plus en plus pesante. Les deux membres du couple, les propriétaires de la Ford, l'avaient invité à partager leur périple au cœur de l'Espagne pour deux raisons. L'une officielle, il s'agissait de le féliciter et de le récompenser d'avoir subi avec succès ses examens de fin de première année de médecine, l'autre, sans doute beaucoup plus mesquine mais qui en réalité les avait motivés bien davantage, résidait dans le fait qu'aucun des deux n'aimait conduire. Il leur fallait donc trouver un chauffeur qui acceptât, sans trop rechigner, de les mener sur plus de 4000 kilomètres.

Mais la panne idiote d'une voiture trop ancienne et insuffisamment entretenue justifia l'arrêt du groupe en ce lieu. Le diagnostic était formel : deux jours. Tel était le temps nécessaire qu'exigeait le spécialiste local, qui se prétendait mécanicien, pour faire venir la pièce endommagée de son pays d'origine. Ensuite, il lui faudrait encore la monter, ce qui d'évidence, compte tenu de son expérience, n'était pas une mince affaire. Il fallait donc attendre. Aucun autre choix n'était possible.

Le jeune Gaston, contre l'avis de ses compagnons de route et donc, dans ce cas, d'infortune, trouva l'endroit non seulement charmant mais surtout des plus intéressants. Toutefois, compte tenu des circonstances, il se garda bien de leurs confier son enthousiasme. Et, il se jura d'y revenir si ce n'est seul, pour le moins en meilleure compagnie.

Sept années d'études, voilà le temps qu'il lui fallut pour

être enfin reconnu médecin par ses pairs. Sept années durant lesquelles il avait du renoncer à tout loisir et à toutes vacances pour atteindre les objectifs qu'il s'était fixé. Sept années d'un travail acharné, obstiné pour cet étudiant travailleur mais finalement peu doué. Sept années à compter chaque sou pour éviter de trop dépenser. Mais enfin, maintenant, pour lui tout devait s'arranger. Le salaire qu'on lui octroyait à l'hôpital était plus que correct et, qui plus est, avec Ginette, il envisageait d'ouvrir prochainement un cabinet où tous deux pourraient exercer leur art de manière libérale.

Gaston avait rencontré Ginette sur les bancs de la faculté. Les deux jeunes gens avaient tout de suite sympathisé. Elle n'était pas très belle. Mais, elle était nettement plus brillante que lui et sans doute aussi plus disposée aux études, ce qui ne gâtait rien. Elle l'avait donc tout naturellement pris sous sa protection. Elle l'aida patiemment à préparer ses examens, juste comme ça, par gentillesse. Bien vite, comme il voulait la récompenser de sa mansuétude, Gaston, qui ne doutait en rien de son charme, lui proposa de devenir son épouse. Et, par peur de briser leur amitié, Ginette n'osa pas refuser bien qu'elle ne fût pas vraiment amoureuse du jeune homme. Elle obtint son diplôme en même temps que lui, avec une meilleure note, cela va de soi. Mais, maintenant, Gaston allait enfin pouvoir briller aux yeux de celle qui avait décidé de partager son existence en lui faisant connaître ce petit coin de paradis qu'il n'avait pas oublié et dont il lui avait déjà tant parlé.

En retournant sur les lieux, l'envie de partager son bonheur avec son épouse était telle que c'est à peine s'il prit conscience des changements qui s'étaient produits au cours des sept années et qui avaient largement dénaturé l'endroit chéri. À grands coups de béton, un véritable port, digne de ce nom cette fois, avait été construit. Mais, aucune des barques catalanes n'y trouvait place. Seuls des bateaux de plaisance étaient amarrés aux énormes pontons : principalement de grosses vedettes à moteur dont le nombre de chevaux se devait d'être impressionnant pour qui eût été un spécialiste. Près du nouveau port, sur le sable, les esquifs autrefois destinées à la pêche côtière avaient totalement disparu. Une trace seule en subsistait : le système de hissage qui de toute évidence n'avait pas été utilisé depuis bien longtemps. En fait, les vieux pêcheurs et leurs frêles embarcations avaient été déplacés jusqu'à la ville voisine située à quelques kilomètres plus au sud. Là-bas, les hommes et leur voile n'avaient pu supporter la concurrence de jeunes équipages dotés de lourds chalutiers et avaient dû renoncer à leur activité. Les maisons aux couleurs vives avaient été purement et simplement rasées.

La plage du levant était noire de monde. Elle était hérissée de chaises monumentales sur lesquelles d'athlétiques vigiles avaient pris place. Ils sifflaient à tout va contre ceux qui avaient l'outrecuidance de dépasser les limites de la baignade autorisée. Ils avaient d'ailleurs pris soin d'en matérialiser le périmètre exact au moyen de bouées d'un jaune des plus éclatants. Par décret municipal, il était même permis aux surveillants de dresser contravention aux nageurs les plus récalcitrants. Néanmoins les consignes pour l'heure étaient à la tolérance : il n'était pas question de froisser outre mesure le touriste. Les instructions données étaient simples : faire preuve d'autorité, certes, mais ne décourager en aucun cas l'éventualité d'un retour à plus ou moins long terme d'un généreux titulaire de compte en banque susceptible de faire fonctionner le commerce local.

L'étroit chemin de terre rouge longeant la plage de l'est avait cédé la place à une large avenue sur laquelle les restaurants, parmi les plus chics et sans doute les plus chers de la région, exhibaient librement leurs terrasses. Ils occupaient le rez-de-chaussée d'immeubles de verre et de béton à la verticalité étourdissante. Dans toutes les rues adjacentes une multitude de discothèques et de clubs plus ou moins privés attendaient patiemment pour proposer leurs services aux noctambules en mal de compagnie. Vers l'intérieur de ce qui, au fil du temps, était de toute évidence devenu une ville, les échoppes et autres boutiques de souvenirs s'étaient multipliées. Elles proposaient à tout touriste récalcitrant dont le séjour touchait à sa fin de se débarrasser, à coup de fausses promotions, du quelque argent qui aurait bien pu lui rester en poche.

La plage de l'ouest quant à elle demeurait quasiment déserte. C'est là que le couple décida de passer ses journées. Au large, l'île n'avait pas changé. Ginette était convaincue : l'endroit lui plaisait et, c'est sûr, ils reviendraient l'été prochain.

Mais, l'année suivante, ils découvrirent que ce rivage, naguère inhabité, était maintenant bordé d'une vaste promenade tout au long de laquelle commençaient à se dresser des immeubles assignés à loger une foule qui se pressait de plus en plus nombreuse dans le seul but d'envahir la plage du couchant. Sur l'île on avait monté à la va-vite un restaurant fort apprécié pour sa cuisine locale. On affirmait qu'il excellait dans la préparation des riz et des fruits de mer : la fameuse paella qu'il prétendait décliner de maintes manières. Aussi, régulièrement, sur le rocher, arrivaient depuis le port de bruyants bateaux qui déchargeaient aux portes de l'établissement culinaire des touristes faméliques qui n'étaient pourtant invités, selon les prospectus, qu'à venir admirer les oiseaux migrateurs auxquels, une fois sur place, ils ne portaient en définitive aucune attention et aucun intérêt. Ce qui, tout compte fait, était préférable pour les pauvres bêtes.

De toute évidence les choses ne s'arrangèrent pas au fil du temps. Bientôt la plage de l'ouest à son tour fut, comme sa voisine, transformée en une réserve à vacanciers ornée des mêmes miradors à secouristes. De plus, on avait cru bon d'y ajouter, à titre d'expérience qu'on s'empressa d'ailleurs d'étendre à l'autre plage, de grandes perches verticalement plantées dans le sable et surmontées d'effigies bizarres officiellement destinées à servir de repaires visuels aux enfants qui par malchance, par maladresse ou par espièglerie se seraient égarés. Dans la réalité ces objets multicolores étaient, il faut bien l'avouer, également fort utiles aux adultes qui, au retour du bain, devaient se lancer à la recherche désespérée de leur serviette ou de leur parasol. Ainsi prenait-on soin de reconnaître sa situation géographique en se guidant sur un bateau de pirates aux voiles mouchetées, sur une pieuvre tricolore ou encore sur un hippocampe bariolé.

Sur les deux plages, dès la fin du mois de juin et jusque la fin septembre, il fallait maintenant effectuer une sorte de gymkhana entre les corps étendus pour pouvoir accéder tant bien que mal à la mer. Puis, lorsque celle-ci avait enfin été atteinte par l'aspirant baigneur, le pauvre n'était pas parvenu au bout de ses peines. Il devait, s'il se contentait d'être raisonnable, accepter de partager ses immersions au cœur d'une foule qui se tenait pour satisfaite de se mouiller jusqu'à la ceinture. Si tel était son choix, il lui serait impossible d'échapper aux coups de coude et de genou répétés de ses voisins. Ou bien, s'il se voulait intrépide, il lui restait à traverser fièrement cette multitude pour nager vers le large et espérer profiter de quelque solitude. Ce n'est qu'en échappant à la vigilance des secouristes et en franchissant discrètement la limite des trois cents mètres, matérialisée par l'alignement des bouées jaunes, qu'il pourrait enfin admirer au loin l'impressionnante montagne qui dominait un hameau dont il percevait la blancheur des habitations : le village des terres.

Gaston déplorait cette évolution et, sa déception fut portée à son paroxysme lorsque la municipalité en place, voulant sans doute trouver quelques places supplémentaires sur le sable pour caser encore quelques touristes résolus à se faire griller par les ardeurs solaires, décida de démonter le lourd système de hissage des bateaux pour le réinstaller et l'exposer, avec tous les honneurs que l'on doit à une relique d'un passé plus ou moins glorieux, dans le hall d'un nouvel hôtel de ville à la taille démesurée dont la construction venait tout juste de s'achever.

Pour toutes ces raisons, lorsque l'été approchait, Gaston devenait taciturne et hésitait de plus en plus sur la destination future de ses vacances. Il ne reconnaissait plus l'endroit qu'il avait jadis tant aimé. Ginette quant à elle semblait prendre les choses avec beaucoup plus de philosophie. C'était elle maintenant qui exigeait le pèlerinage annuel jusqu'au village de la côte. Il faut dire que la situation était loin de lui déplaire. En réalité, elle s'ennuyait copieusement avec Gaston et était bien heureuse de la promiscuité de la plage qui lui permettait de se faire de nouveaux amis avec lesquels il était possible au couple de se rendre le soir dans quelque restaurant puis dans quelque club branché. C'est dans l'un de ces clubs que les deux époux firent la connaissance de Sebastián : un psychiatre de la capitale, trop bavard, qui traînait avec lui une épouse alcoolique, peintre de surcroît, qu'il consentait à sortir chaque nuit afin qu'elle puisse librement satisfaire son vice. Carla, puisque tel était le prénom de l'épouse, et lui, Sebastián, passaient chaque année leurs vacances précisément dans ce petit village des terres qui se blottissait au pied de la montagne. Ce petit village aux maisons blanches qu'on apercevait depuis la mer et qui n'était situé qu'à quelques kilomètres. Ce petit village qui, aux dires du thérapeute, bien que tout proche, était encore préservé des inconvénients de la modernité et de la civilisation.

L’enfance de Victor

Dans un village de la Manche dont je ne veux me rappeler le nom ...

Oui, je sais ! Je sais qu’un illustre et inégalable devancier, a déjà utilisé avec grand succès cette formule il y a bien longtemps pour attiser la curiosité naissante de son lecteur. Que je l’écrive à nouveau et, vous autres, armés de votre bonne foi et de votre intolérance, vous me qualifierez de plagiaire en feignant d’oublier que l’écriture n’est en définitive rien d’autre qu’un vaste recommencement. Ne nous servons-nous pas tous et toujours des mêmes mots pour dire, redire et répéter maintes fois les mêmes choses ? Ces choses qui font que le monde demeure le monde et que nous ne sommes en définitive rien d’autre que quelques oiseaux de passage occupant la totalité de leur vie à la recherche désespérée d’un maigre perchoir et d’une maigre mangeoire. Et, puisque moi aussi, comme un certain Marcel, Proust de surcroît, longtemps je me suis couché de bonne heure, il vous faudra bien un jour reconnaître avec moi, quoique vous en pensiez, que le vol peut être une œuvre d’art à part entière. En outre, personne ne peut me contredire sur ce point : Victor, comme l’autre, comme son légendaire prédécesseur, comme celui qui est devenu célèbre par la grâce et le talent de son fameux auteur, Victor, lui aussi, était né dans un village de la Manche. Certes, la sienne fut normande : dans ce bout oublié de la France. Mais, en cette époque de standardisation où nous nous trouvons, en cette époque où disparaissent les moulins, fussent-ils à aubes ou à vent, pour ne laisser place qu'à des monstres nucléaires, en cette époque où partout ne triomphent plus que l'Oncle Sam, étalant ses Mickey sur nos plages et ses mac-do dans nos villes, quelle est donc la différence ?

Le nom de ce village où naquit Victor, je m'en souviens parfaitement même si je préfère pour l'heure faire semblant de l'avoir oublié afin de satisfaire aux règles d'une écriture que me suggèrent mon glorieux devancier. Ainsi, je peux dérouter un peu plus encore celui qui aura pris l'initiative ou le risque d'entrer dans ce texte, dans ce jeu de récits entremêlés.

Les rares armes qui occupaient les jeux guerriers de son enfance, Victor, à force de patience et d'imagination, se les était inventées. Contrairement au héros espagnol, il ne comptait en effet pas plus de chasseurs que de collectionneurs parmi ses aïeux. Aussi, aucune arme à feu, fût-elle fusil, carabine, arquebuse, escopette, mousqueton ou tromblon, n'était accrochée à un râtelier qui d'ailleurs ne trouvait aucune place sur les murs de la pacifique maison familiale.

Aucun cheval, aucune rosse, aucune écurie. L'enfant n'avait pour tout animal domestique qu'une vielle chatte torbie qu'il lui eût été bien difficile d'enfourcher et de chevaucher, malgré la rondeur de sa taille, afin de tenter l'aventure et de partir à la conquête d'une dame de cœur, d'une quelconque dulcinée fût-elle affublée ou non d'une majuscule. Il faut dire aussi que le pauvre félin mourut bien avant que ne n'apparaissent et ne s'activent chez son jeune maître les appétences qui lui auraient été nécessaires pour qu'il envisage alors de se lancer réellement dans une quête amoureuse.

À la maison, la plupart du temps, la famille, qui comptait quatre enfants, se nourrissait de poisson que le père, ancien pêcheur empêché de travailler par une mauvaise maladie qui lui avait endommagé définitivement la colonne vertébrale, parvenait à récupérer auprès d'anciens collègues : il n'était en effet pas question pour lui de dépenser dans la nourriture les trois quarts d'un revenu qu'il ne possédait d'ailleurs plus. Seule la mère parvenait, en faisant des ménages ici ou là, à gagner quelque argent qui servait à améliorer l'ordinaire, c'est à dire à glisser, de temps à autre, un morceau de viande dans les assiettes : la Normandie a cet avantage qu'elle regorge de beurre et d'épinards.

Durant ses heures de loisir, c'est-à-dire essentiellement lorsqu'il n'allait pas en classe, Victor occupait son temps à la seule lecture. Il s'était d'abord glissé, du bout des yeux, non pas dans des livres de chevalerie qui étaient depuis bien longtemps passés de mode mais, entre les pages de romans de cape et d'épée qui, à vrai dire, étaient tout aussi appropriés que les Amadis et autres folies à éloigner de lui le peu de jugement qu'il pouvait posséder.

Ainsi se mit-il d'abord à admirer outre mesure la noblesse d'Athos, la ruse d'Aramis, la force de Portos, le courage de d'Artagnan. Il s'enflamma plus encore pour l'habileté dont Edmond Dantès fit preuve pour s'échapper de sa prison et mener à bien sa vengeance. Puis, peu à peu, il entreprit de se goinfrer, avec la complicité et les conseils d'une bouquiniste magnanime qui tenait boutique à quelques pâtés de maisons, de tout ce qui lui tombait entre les mains. Et, pour sûr, il lui en tomba beaucoup, et de toute sorte. Ainsi ne s'émut-il pas aux seuls exploits des héros de Dumas. Il se plia et se fit tout petit à la lecture de Paul Féval pour accompagner le bossu jusqu'au cœur de la cour ; mais il gonfla le torse quand, de concert avec son héros et par la simple magie des mots, il devint Lagardère. Avec Théophile Gautier il trembla et alla même jusqu'à tacher ses draps pour la passion de la belle Isabelle et du pauvre baron de Sigognac conduit par inclinaison amoureuse à se faire saltimbanque. Il en vint même à détester un temps le méchant duc de Vallombreuse qui se plaisait à rendre aux deux amants le bonheur impossible. Mais, il lui pardonna et fut plein de compassion lorsqu'il connut les liens qui unissaient le duc à la tendre comédienne.

Mais l'ouvrage qui le toucha le plus fut à n'en pas douter celui de la baronne d'Orczy : « Le mouron rouge ». Il en lut et relut maintes fois l'édition de 1962 dans la collection « Marabout géant » en 5 tomes. Le premier volume, à la couverture rouge, lui permit de savoir qui était ce justicier invraisemblable sinon le diable en personne. Grâce au second, le bleu, il pu connaître la teneur de son serment et la nature de ses nouveaux exploits. Dans le troisième, le jaune, il apprit la capture du héros et mesura la hauteur de sa vengeance. Avec le volume vert, le quatrième, il perçut ses métamorphoses et partagea son rire. Et enfin, dans l'ultime tome, le violet, il assista à son triomphe et le vit en définitive conduire le bal.

Mais, outre ce jeu consistant à attribuer une couleur propre à chaque volume, le visuel utilisé, quant à lui commun à toutes les couvertures, était des plus révélateurs. On y voyait Sir Percy Blakeney en perruque blanche, en jabot et culotte, main à l'épée, écarter un rideau. Il n'affirmait ainsi rien moins que la théâtralité de son personnage. Ainsi tout cela n'était qu'un jeu, tout cela n'était que littérature, tout cela n'était que mensonge. Et, jamais, malgré les apparences, malgré son intérêt pour l'ouvrage et le protagoniste, Victor ne se laissa totalement convaincre, jamais il ne fut berné par l'habileté du style. Son amitié, son attachement irrémédiable, quelles que soient les motivations et les stratagèmes de la baronne et son héros royaliste, demeurerait à jamais pour le petit peuple contre les puissants.

Néanmoins, à aimer tant les livres, une sorte de folie eût sans doute guetté Victor s'il n'avait rencontré l'efficacité absolue de deux antidotes. D'abord, il faut avouer que contrairement à son glorieux prédécesseur de Castille, il lui était impossible d'occuper ses jours à lire du matin au soir et ses nuits du soir au matin. En effet, outre le fait que ses parents exigeaient chaque jour sa présence sur les bancs de l'école, il faut bien avouer que, passé minuit, sa faible constitution d'une part et, d'autre part, la présence dans la même chambre non seulement de son frère et de ses sœurs mais aussi de ses géniteurs lui imposait un sommeil qui se voulait réparateur. Ensuite, remède encore plus efficace, au gré de ses rencontres de fortune ou d'infortune, il eut, l'âge venant et ses goûts littéraires se modifiant en conséquence, la chance extrême de tomber sur la version française du fameux récit du non moins fameux chevalier qui à ses yeux n'avait pas si triste figure et qui avait eut l'audace de se lancer par trois fois, dans cette lointaine province de la Manche espagnole, sur le chemin tout littéraire de l'aventure et du hasard.

N'ayant quant à lui, de par sa nature trop solitaire, aucun Sancho à qui confier et transmettre ses déviances mentales et ne trouvant dans son entourage personne avec qui partager ses peurs déraisonnées plus que déraisonnables, il lui fut nécessaire d'accompagner le noble gentilhomme jusqu'au bout de ses phantasmes afin de se protéger, pour le moins provisoirement, de ses propres chimères. Ainsi, la pharmacopée inventée par Miguel de Cervantès Saavedra fut-elle d'une efficacité redoutable puisque, grâce à elle, le jeune Victor renonça aux quêtes les plus insensées qu'il était prêt à entreprendre et qui auraient sans l'ombre d'un doute ruiné son avenir pour s'enfermer peu à peu dans le monde tranquille, silencieux, modeste et rassurant des études. Il les mena d'ailleurs rondement et brillamment sans pour autant renoncer à ses folles lectures qui, par leur nature, leur diversité et leur complexité étonnaient ses professeurs. Le véritable objectif qu'il s'était fixé pour l'heure, il le gardait secret. Il était des plus simples : parvenir à lire l'ouvrage du manchot de Lepante dans sa langue originelle. Et à force de travail et de patience, il finit par y parvenir.

Mais, à cette époque, il ne savait pas encore, qu'échappant à ce désordre donquichottesque qui aurait pu l'envahir, une autre folie, bien plus dangereuse encore et surtout plus sournoise, l'attendait : celle de l'écriture. Ce ne fut que bien après son mariage qu'il contracta véritablement cette étrange affection qui changea sa vie. Certes, dès qu'il avait su aligner quelques mots, il avait commencé à griffonné des fables qu'il ne terminait jamais. Mais, il le faisait alors sans aucune intention. Les brouillons inachevés finissaient toujours au fond de la corbeille à papier ou encore totalement oubliés dans un coin de tiroir.

Par contre, à partir du jour où il sentit réellement en lui le virus, il ne put passer une seule journée sans se poser devant le clavier de son ordinateur ou face à une simple feuille de papier pour ordonner des mots et des phrases qui finissaient par constituer des textes. Qui plus est, il ressentait l'impérieuse nécessité de faire connaître à son prochain le fruit de son labeur. Non pas par soif de gloire, de renommée ou même d'argent. Rien de tout cela, il éprouvait simplement l'obligation de partager.

Pour Victor, le travail d'écriture faisait avant tout appel à la patience. À la patience et à une certaine discipline. Une discipline qui l'obligeait à se trouver chaque jour devant un monde inconnu qu'en tant qu'auteur il lui appartenait de découvrir, d'inventer. Un monde qui trop longtemps se refusait. Mais grâce à la constance, grâce à la persévérance, ce monde, au premier abord totalement clos, finissait par s'ouvrir lorsque sur le papier ou sur l'écran se produisait la rencontre fabuleuse des mots.

Ainsi, l'écriture n'était que cela, la rencontre fortuite de mots qui se juxtaposent au gré de leur rythmique. Rien de plus important que le rythme. Pour écrire, Victor avait d'abord besoin de dire ou plutôt de lire. Dire dans sa tête ce qui n'était pas encore écrit. Il en percevait ainsi le tempo, le rythme et les éventuelles syncopes. Il devait jouer de tout cela. À ce titre il pensait que la ponctuation était de la plus grande importance. Elle devait surprendre. Ne pas forcément respecter les règles. Elle était là pour aider le lecteur, juxtaposer ses propres ruptures et se superposer au dessin rythmique que les mots avaient déjà, dans une large mesure, et à leur niveau, été capable d'engendrer.

Puis lorsque le premier jet était écrit, il fallait selon lui lire et relire encore. Répéter chaque phrase pour trouver sous la rigueur rythmique primitive la rondeur nécessaire au flux de l'éloquence. Il s'agissait alors de rendre le rythme rond. Le faire chanter. Telle était la gageure. C'était là que l'ordre des mots était important. C'était là qu'il fallait, encore et encore, modifier la ponctuation. C'était là qu'il fallait chercher le synonyme, le mot juste : celui qui convenait tant au sens qu'à l'esthétique. Il fallait trouver le terme exact, le mot qui rende le texte plus doux, qui le mette plus en bouche. Car, pour Victor, l'écriture comme la lecture était une histoire de bouche. Tout se passe dans la bouche. Dans la rondeur de la bouche. Entre la langue et le palais.

Est-ce à dire qu'aux yeux de Victor un texte ne pouvait pas être rugueux ? Certes non. Il pouvait l'être. Mais, cette rugosité, que Victor percevait le plus souvent comme une agressivité, devait selon lui être contrôlée, enveloppée dans une gaine soyeuse destinée à tromper son monde. On touchait là, sans doute, au fond de sa pensée. Car, pour Victor le but ultime de l'écriture était bien de tromper le lecteur : lui faire croire que, par sa lecture, il est en train d'inventer un monde qu'en définitive l'auteur avait déjà pensé pour lui. Pour Victor l'écriture n'était qu'un marché de dupes passé entre l'auteur et son lecteur. Ce dernier, quel qu'il fût, devait se penser intelligent, inventif et créatif. Il devait se croire l'acteur d'une histoire qui en réalité se déroulait sans lui, au fil des pages d'écriture. Victor savait bien que le rôle du lecteur n'avait aucune influence sur l'enchaînement des événements que seule l'écriture mettait en place. Mais, cela, il ne faillait surtout pas le dire au lecteur.

L'Opel Kadett

Chaque dimanche, Henri laissait son épouse encore profondément endormie au creux du petit jour pour, ayant à peine pris le temps de faire une vague toilette et d'enfiler un vieux survêtement, descendre quatre à quatre les petits escaliers qui le conduisaient de la chambre jusqu'au rez-de-chaussée de sa maisonnette et sortir précipitamment après s'être emparé d'un jeu de clefs dont lui seul connaissait la cachette. Une fois parvenu dans la cour, il traversait en toute hâte l'espace qui le séparait d'un petit appentis qui tenait lieu de garage. Il glissait l'une des clefs en sa possession dans la serrure et basculait la lourde porte métallique. L'Opel Kadett rallye dix neuf cents rouge et noire était toujours là, rayonnante.

En voyant que l'automobile occupait toujours la même place, précisément celle où il l'avait laissée le veille au soir, il se sentait soulagé d'un poids qui l'avait oppressé une grande partie de la nuit au point non seulement de contrarier son sommeil mais aussi de l'empêcher d'honorer convenablement sa compagne. Il n'avait maintenant plus la moindre inquiétude à se faire puisqu'il pouvait constater de ses propres yeux la présence, ici-même, de l'objet chéri.

Comme chaque jour, il fit plusieurs fois le tour du véhicule : d'abord pour vérifier le parfait état de la carrosserie ; puis, pour contrôler, bien qu'il l'eût fait la veille, que les trois portes avaient été correctement verrouillées la semaine précédente ; et enfin, en dernier lieu, pour appuyer de la pointe du pied sur chacun des quatre pneumatiques et pouvoir ainsi, selon lui, en estimer le niveau de pression.

Alors, ce n'est qu'avec une grande délicatesse qu'il osait, comme chaque dimanche, choisir la clef du véhicule ouvrir la portière donnant accès au siège conducteur pour se glisser délicatement à l'intérieur de l'habitacle. Il prenait alors le temps nécessaire pour se caler dans l'étroit siège baquet noir et gris et refermait le véhicule avec le plus grand soin avant d'ôter le coupe-circuit qui, dissimulé sous le volant, empêchait toute possibilité de vol tant que sa position précise resterait secrète et inconnue à tout observateur qui aurait pu s'introduire dans le local. Ensuite, certain que sa cachette demeurait préservée, Henri s'autorisait à descendre la vitre au moyen de la manivelle logée dans la garniture de la portière ; encore ne le faisait-il que lorsque la température à l'intérieur du véhicule était à l'évidence trop élevée.

Quand il mettait le contact et que le tableau de bord s'éclairait, il prenait soin de vérifier que le compteur indiquait bien le kilométrage exact de la semaine précédente. Il avait d'ailleurs pris soin de le noter sur les pages d'un petit calepin tant il se méfiait de ses capacités de mémorisation. Ce jour là le système à roues dentelées affichait précisément deux cent vingt sept kilomètres, ce qui, par bonheur, était conforme à ses notes. Un regard transversal au tableau de bord lui permettait de constater que tous les indicateurs occupaient leur position optimale et en particulier que l'aiguille de la jauge du carburant lui autorisait sa promenade dominicale. Après avoir tiré à fond sur le « starter », il pompait très exactement six fois de la pointe du pied sur la pédale d'accélérateur, attendait quelques secondes, il en comptait précisément neuf, et tournait enfin la clef pour faire fonctionner le démarreur.

Sans surprise le moteur se mettait à tourner comme une horloge. Il le laissait longuement chauffer et ne repoussait doucement le « starter » que lorsque l'aiguille indiquant la température venait juste effleurer la zone verte qui autorisait, selon lui, à enclencher la marche arrière.

Lorsque la voiture était sortie de l'appentis, il attendait un certain temps, concrètement vingt cinq secondes, avant de couper le moteur. Puis, il ôtait la clef du tableau de bord, et ce de la manière la précise, c'est-à-dire le plus horizontalement possible par rapport à l'axe vertical qu'il occupait. Celle-ci, par précaution, allait aussitôt dans la poche de son pantalon. Il ne ressortait de l'habitacle qu'après un long moment durant lequel il prenait la peine d'enclencher de nouveau le coupe-circuit. Il allait alors chercher un large et profond récipient qu'il emplissait d'eau dans laquelle il ajoutait très précisément douze gouttes d'un liquide dont lui seul connaissait la composition exacte. C'était en réalité un mélange de produit vaisselle et de nettoyant pour vitres dont il avait élaboré le dosage au fil de multiples expériences. Au moyen d'une grosse éponge naturelle, il répandait alors le mélange dont il avait ensuite le plus grand mal à faire disparaître la mousse au moyen de moult seaux d'eau. C'est à ce moment précis que, pour lui, le véritable travail de nettoyage commençait. Muni d'une fine peau de chamois, il frottait longuement, avec de petits mouvements circulaires, sans jamais appuyer, la laque encore humide de l'Opel pour faire sortir du rouge les plus beaux reflets et du noir la plus grande profondeur. Ce labeur pouvait durer une ou deux heures sans que jamais Henri ne se fatiguât. Au moment où il le jugeait le plus opportun, il rangeait ses ustensiles pour passer sur toute la surface de la carrosserie, déjà toute rutilante, une sorte de balayette aux poils doux qui venait parachever l'œuvre accomplie. C'était toujours à ce moment précis que, chaque dimanche, Julien, le voisin, choisissait de lui rendre visite. Cette apparition soudaine confirmait à Henri l'état parfait du véhicule.

Julien aurait bien voulu lui aussi avoir ce qu'il considérait être une vraie voiture. Mais, le trac naturel dont il souffrait et le manque de confiance qui l'envahissait lors des examens l'avaient déjà fait échouer plusieurs fois à l'épreuve fatidique et, en désespoir de cause il avait dû se rabattre, pour tout moyen de transport, sur une de ces petites caisses à roues qui n'exigent pour les conduire aucun passage devant d'effrayants inspecteurs.
D'instinct, Julien avait compris qu'il ne devait pas trop s'approcher de l'Opel et encore moins se permettre de la toucher. C'est donc à distance plus que respectable qu'il entamait la conversation, toujours avec la même phrase :

- Alors, ça marche ! On va faire son petit tour ? ».

Henri, contraint par sa petite taille de se plier sur le capot pour en atteindre péniblement la ligne médiane, lui répondait à peine. Mais, il devenait en revanche intarissable lorsque le voisin lançait :

- Ça c'est de la bagnole !

Julien avait alors droit à un exposé précis et détaillé sur le palmarès du modèle qui avait, entre autres, gagné le rallye de Monte Carlo en 1968 et avait été contraint d'abandonner lors du tour de Corse à cause d'une méchante dysenterie dont son pilote avait été victime alors qu'il occupait la première place. Puis, Henri, dithyrambique, poursuivait en abordant les performances qu'il avait lui-même constatées. Ainsi, Julien subissait-il chaque semaine un compte rendu sur le temps nécessaire pour effectuer le « kilomètre départ arrêté » ou pour monter « la bête » jusqu'à 100, sans même se rendre compte que les chiffres variaient d'un dimanche sur l'autre avec des fluctuations trop importantes pour être cohérentes et liées à la seule expérience de la semaine précédente. Le long monologue s'achevait toujours par :

- La dernière fois, je l'ai montée à 180.

Puis Henri, fatigué par tant d'explications, coupait court à la conversation en faisant semblant de reprendre son travail pour écarter le plus rapidement possible celui qui, n'ayant plus rien à apprendre, cessait subitement d'être un auditeur essentiel pour redevenir un importun. Il lui fallait en effet à ce moment précis ouvrir à nouveau la portière afin de renouveler toutes les opérations nécessaires à la mise en route du bolide, en particulier les plus secrètes. Julien sentait bien que le moment était venu de s'écarter. Aussi s'éloignait-il en lâchant :

- Bonne balade !

La deuxième mise en route était totalement différente de la première. En effet, la voiture ayant déjà chauffé, il n'était plus nécessaire de pomper six fois sur la pédale de l'accélérateur. Il suffisait d'enfoncer cette dernière à fond après avoir décollé légèrement la tirette du « starter » qui devait impérativement regagner sa position initiale dès les premiers soubresauts du moteur. Deux coups d'accélérateur à vide, c'est-à-dire au point mort ; puis, Henri enclenchait la première pour sortir bruyamment le véhicule de la petite cour.

Tout été réglé à l'avance. La balade en question était toujours la même. Elle consistait, dans un premier temps, à grimper la longue côte de sept kilomètres qui séparait l'ancienne petite maison de pêcheur, où logeaient Henri, sa femme et son automobile, du village des terres. La chose en soi aurait pu être des plus simples s'il ne s'était agi pour le conducteur et le véhicule, qui étaient alors en parfaite harmonie, d'exécuter ce périple en poussant les rapports au maximum et, en ne rétrogradant qu'au dernier moment, avant d'aborder chaque virage. Puis, en règle générale, Henri et son bolide effectuaient un demi-tour sur le grand rond-point situé juste avant les premières habitations qui annonçaient l'entrée du village de l'intérieur.

Il était bien rare en effet que le conducteur décidât de continuer plus avant. Il sentait bien que ce n'était pas du goût de l'automobile et l'homme cédait volontiers aux caprices de la machine. Aussi, d'un commun accord, les deux compères choisissaient résolument la quatrième pour s'efforcer de tout redescendre sans que le pilote n'ait à effleurer une seule fois le levier de vitesse. Pour être mené à bien, l'exercice supposait que la route fut totalement libérée : c'était heureusement le cas la plupart du temps. Pourtant, parvenu à deux kilomètres du but, Henri renonçait finalement à accomplir l'exploit. Il rétrogradait, enclenchait successivement, contre l'avis de sa partenaire, la troisième puis la seconde pour prendre une petite route s'ouvrant sur la gauche afin de s'arrêter chez son ami garagiste auquel il avait pris l'habitude de déclarer chaque semaine :

- Ce matin, je trouve qu'elle fait un drôle de bruit.

Aussitôt, il donnait alors lui-même accès au moteur pour que celui qu'il considérait comme le technicien par excellence, l'homme de l'art, et qui à ce moment constituait l'objet de toute son admiration, puisse tenter de régler avec minutie la vis du carburateur. Au bout de longues minutes arrivait enfin l'instant précis où tous deux tombaient d'accord :

- Là, c'est bon ! S'exclamaient-ils alors d'une seule voix, sans même se rendre compte que le tournevis était revenu à sa position initiale.

Henri se précipitait comme un enfant pour rabaisser le capot en disant :

- C'est moi ! C'est moi !

Il le refermait en prenant soin de ne pas le claquer. Il le posait délicatement. Puis, ses deux mains jointes appuyaient sèchement et l'on pouvait entendre le pêne s'enclencher délicatement. Comme chaque fois, il ne restait plus aux deux complices qu'à vérifier la bonne pression des pneumatiques.

La séparation entre les deux hommes était difficile. Aux yeux d'un étranger, ils avaient pour le véhicule le même attachement. Mais, en fait, l'intérêt que tous deux portaient à l'Opel était d'une nature totalement différente : l'un agissait en professionnel qui allait être gratifié d'un bon pourboire, et il le savait, alors que l'autre n'offrait que sa passion folle et démesurée. On discutait encore un peu sur les performances passées mais surtout sur celles qui étaient à venir. Le garagiste était bien conscient que, grâce à la précision de son réglage, tout irait mieux maintenant et il confirmait à Henri qu'il avait entre les mains un véritable boulet de canon. De nouveau seul sur la route, le conducteur, de bonne foi, constatait une différence qui n'existait pas. Il en était certain, la semaine prochaine, il réaliserait l'exploit : il pourrait la monter à 180.

De retour chez lui, Henri prenait un soin tout particulier pour introduire le véhicule dans l'appentis. En effet, il tenait absolument à ce que l'Opel soit parallèle aux deux parois latérales, et donc, pour un esprit cartésien parfaitement perpendiculaire au mur du fond. Mais, dans son esprit la réalisation de la première condition n'entraînait pas systématiquement l'accomplissement de la seconde ; elle était selon lui nécessaire mais non suffisante. C'est pourquoi il s'y reprenait souvent à quatre ou cinq reprises pour trouver la place définitive que l'enfant chérie occuperait jusqu'au prochain dimanche. De plus, pour corser la difficulté, il exigeait que le véhicule, une fois positionné, ait les roues, et donc la direction, parfaitement droites. Puis, Henri mettait le levier de vitesse au point mort et enfonçait par deux fois, de manière brève mais violente, la pédale d'accélérateur, faisant ainsi hurler une dernière fois le moteur. Puis, il se décidait à couper définitivement le contact avant de quitter son siège pour admirer encore l'engin.

Au bout d'un moment, il se décidait enfin à laisser sa voiture, aux portières parfaitement closes et au moteur rendu totalement inopérant par la présence du coupe-circuit. Henri s'avançait alors vers l'avant et déposait ses lèvres sur la pointe du capot en susurrant un « au revoir » à peine perceptible que l'automobile lui rendait ; du moins en était-il convaincu. Il faisait ensuite plusieurs fois le tour de sa tendre machine pour s'assurer encore que nul ne pouvait en violer l'habitacle. Une légère pression sur la malle le tranquillisait quant à l'état des amortisseurs tout en lui permettant de flatter une dernière fois la croupe de l'adorée. Puis il se décidait, non sans regrets, à rabattre la lourde porte du garage qu'il prenait soin de fermer à clef. Certes, il attendra une semaine pour reprendre le volant en direction du village des terres mais, dès demain matin, il viendra vérifier le bon état de celle dont il avait choisi de partager l'existence.

Les criques

C'est en forçant le hasard, c'est à grands coups de persévérance que Ginette et Gaston avaient fini par découvrir ce lieu enchanteur. Ce vendredi là, en effet, depuis la plage du ponant où ils avaient pris l'habitude de venir se glisser parmi l'agrégat de serviettes et de parasols multicolores généré journellement par l'ensemble des vacanciers, Ginette, pour une fois lassée d'avoir à supporter tant de foule, et Gaston, d'un naturel toujours conciliant à l'égard des initiatives et des exigences de son épouse, s'étaient enfin décidés à abandonner leurs amis, avaient ramassé leur crème solaire et plié leur serviette pour prendre la peine de grimper en direction de la tour de guet jusqu'au sommet de la petite colline qui dominait la mer.

De là, d'un commun accord, les deux époux avaient emprunté, en direction de l'ouest, un petit sentier, longeant la falaise, avec l'intention de se rendre à pied jusqu'au nouveau port de pêche, puisqu'on avait eu l'outrecuidance de déplacer l'ancien jusque dans la ville voisine. Il faut dire que depuis longtemps Gaston, qui n'avait pas encore été informé de la disparition des embarcations, voulait à tout prix que Ginette pût apprécier le charme de ces barques colorées qu'il avait eu la chance de voir reposer jadis sur le sable roux du village de la côte.

Mais, moins d'un kilomètre après qu'ils eurent dépassé la tour, ils se virent empêchés de poursuivre leur promenade. En effet, le chemin sur lequel ils avançaient s'interrompait brusquement pour ne reprendre que quelques deux mètres plus loin : la partie manquante ayant, sans l'ombre d'un doute, fini par rejoindre la mer, une cinquantaine de mètres en contrebas. Le vide ainsi formé était de toute évidence bien trop large pour être enjambé et, compte tenu de la complexité du relief, il ne pouvait en aucun cas être contourné ni par la gauche ni par la droite. Bref, il était impossible de poursuivre plus avant.

Cependant, depuis l'endroit où ils se trouvaient, ils apercevaient ce qu'ils imaginaient être une charmante petite crique de sable fin. Aussi, bien décidés à en découvrir l'accès, ils prirent la décision de délaisser tout le temps nécessaire leurs compagnons de plage, et cela leur prit plus d'une semaine, afin de chercher ce que tout naturellement ils finirent par trouver : un large chemin qui contournait l'arrière de la colline, avant de se rétrécir et de grimper à flanc de coteau à travers une forêt de pins maritimes. Ils parvinrent ainsi, après plus d'une heure de marche, sur une vaste plate-forme d'où partaient plusieurs sentiers ; l'un d'eux, particulièrement escarpé, plongeait de toute évidence en direction du rivage.

Au fur et à mesure où ils approchaient du but qu'ensemble ils s'étaient fixé, ils prirent conscience que, contrairement à ce qu'ils avaient pu imaginer lors de leurs premières observations effectuées au cours de la tentative initiale menée par le chemin de la tour, il n'y avait en ce lieu point de sable ; l'endroit était constitué en réalité de deux petites anses de galets blancs que séparait un long et large éperon rocheux de grès noir qui s'avançait assez loin dans le bleu de la mer.

À peine furent-ils parvenus sur la première et la plus petite des deux criques, que nos deux apprentis marcheurs posèrent au plus vite leur serviette, quittèrent rapidement casquettes, chaussures, shorts, blouse et chemisette ; et, harassés par la chaleur de cet après midi de juillet, ils se précipitèrent sans plus attendre dans une eau d'une transparence exceptionnelle, sans même se donner le temps et la peine de remarquer la présence d'un homme d'une soixantaine d'années, totalement nu, qui se consacrait à un labeur dont ils eurent beaucoup de mal, par la suite, à comprendre les motivations et la portée.

En fait, l'homme, qui possédait malgré son âge une musculature impressionnante et dont le corps avait été entièrement et profondément cuivré par les rayons du soleil, était tout occupé à ordonner la plage. Il rangeait les cailloux selon une méthode des plus rigoureuses qu'il avait lui-même établie : les plus gros galets étaient entassés le long de la falaise alors que les plus petits étaient systématiquement rejetés à la mer, ceux dont les tailles étaient intermédiaires entre ces deux extrêmes étaient rangés sur chacune des deux plages selon un ordre croissant allant du rivage vers l'intérieur. Lorsqu'il tombait sur une pierre qu'il lui était impossible de déplacer, l'homme s'y attaquait à grands coups de masse pour la réduire en unités manipulables. Pour l'heure, tout à son labeur, il ne semblait nullement s'intéresser au couple de baigneurs qui, quant à eux, s'efforçaient de contourner, à grands coups de brasse, l'éperon rocheux, se plaisant ainsi à passer et à repasser d'une crique à l'autre.

Ce ne fut qu'au moment où Ginette et Gaston envisagèrent de sortir de l'eau que l'inconnu s'adressa enfin à eux. Compte tenu du bruit des vagues qui venaient se briser sur les rochers et, vu l'importance de la distance qui les séparait de leur messager, ils n'entendirent pas véritablement le son de sa voix ; mais, ils le virent faire de grands gestes destinés à les guider et à leur permettre d'éviter, le long de l'éperon rocheux, certaines zones où naïvement ils s'apprêtaient à reprendre pied.

Ginette, réceptive par nature à tout conseil venu de l'étranger, s'efforçait de suivre scrupuleusement les indications de l'inconnu tandis que Gaston, qui à priori n'était pas quant à lui du genre à s'en laisser conter par le premier venu, affichait son habituelle mauvaise foi et tardait à interpréter le sens d'un message nécessairement codé. Il finit par le saisir parfaitement, mais bien trop tard, lorsqu'il posa le pied sur un oursin dont les fines aiguilles s'enfoncèrent profondément dans ses chairs.

Lorsqu'il vit le visage de Gaston se contracter de douleur, l'autochtone se mit à rire sans que toutefois puisse se lire sur son visage l'ombre d'une quelconque méchanceté. Puis, indifférent à la souffrance du pauvre baigneur, l'inconnu reprit égoïstement ses occupations. Ginette, quant à elle allait devoir, contre sa volonté, s'employer durant près de trois jours à retirer, à grands coups de pince à épiler et à grande rasade d'eau oxygénée, les hôtes inattendus de la plante du pied de son imprudent époux.

L'incident, pour déplaisant qu'il fût, et à n'en pas douter il le fut, n'empêcha pas notre couple de continuer à fréquenter de plus en plus régulièrement un lieu qui à bien des égards leur semblait paradisiaque. Et, bien que rien jusqu'à présent dans leur art de vivre ne les prédestinât au naturisme, tous deux se décidèrent bientôt, d'une manière totalement naturelle et sans même avoir besoin d'en évoquer la nécessité ou le désir, de quitter le dernier morceau de tissu qui leur entravait matériellement la taille et psychologiquement l'esprit. Ils pensaient tout naturellement, et à juste titre d'ailleurs, que le premier occupant du lieu, dont entre temps ils avaient pu connaître l'identité, ne pouvait en aucun cas être dérangé puisque telle était la tenue qu'il continuait, malgré leur présence, d'arborer.

Bien que d'une nature assez solitaire, et donc bien que n'affichant que peu de propension au bavardage, Tonio, puisqu'ainsi l'homme se nommait, montrait une certaine sympathie envers le couple. Ainsi, indiquait-il bien souvent à Gaston, convaincu cette fois par son expérience malheureuse qu'il était loin d'avoir affaire au premier venu, les endroits où il lui était possible d'admirer toutes sortes de coquillages à la robe multicolore ou encore d'observer l'étrange et inquiétant ballet des poulpes et de leurs tentacules. De même, il signalait fréquemment à Ginette, le doigt pointé vers le large, le passage d'un dauphin, d'un marsouin, d'un orque ou encore la venue vers la côte d'un banc de poissons volants ou de petites méduses violettes avec lesquelles il valait mieux éviter tout contact.

Lorsque les deux plages étaient envahies par les algues, ce qui arrivait assez fréquemment après plusieurs jours de grand vent, Tonio abandonnait sa tâche habituelle. Il cessait momentanément le rangement des cailloux pour se consacrer entièrement et méticuleusement à la récolte des laminaires. Il ramassait les longues herbes noires qu'il laissait ensuite longuement et lentement sécher à l'ombre des pins avant de les stocker dans de grands sacs de toile qu'il prenait la peine d'emporter ensuite dieu seul sait où.

Cette année là, à la fin de leurs vacances, Ginette et Gaston n'avaient toujours pas compris le sens de cet acharnement à vouloir tout ordonner dont faisait preuve celui que tous deux considéraient, à juste titre d'ailleurs, comme le maître du lieu. Ils tentèrent bien de connaître les motivations et les objectifs de son activité perpétuelle mais à chaque fois qu'ils lui posaient la question ils n'avaient droit, pour toute réponse, qu'à un grand éclat de rire.

L'année suivante, le couple constata que les plages avaient beaucoup changé. L'ordonnancement irréprochable des cailloux permettait dorénavant un accès facilité à la mer. Dans la plus petite des deux criques une bande de sable commençait même à se dessiner au bord de l'eau. Sur l'avancée rocheuse, deux inscriptions discrètes avaient été consignées à la peinture verte : la première signalait que la zone se voulait écologique tandis que la seconde affirmait le caractère naturiste de l'endroit.

Lorsqu'il prit conscience de l'arrivée du couple sur les criques au début de ce nouvel l'été, Tonio accueillit ses deux pâles amis à grands gestes avant de s'avancer à leur rencontre pour s'empresser de les saluer. Ginette et Gaston constatèrent alors bien vite que leur hôte n'était plus le seul occupant de la plage. D'autres compagnons, tout aussi nus que lui et tout aussi cuivrés, trois hommes et une femme, l'avaient rejoint. Tout le monde eut droit aux présentations d'usage et, tous sympathisèrent.

Année après année, grâce aux efforts acharnés déployés par le seul Tonio, la bande de sable battue par la mer se faisait de plus en plus large et les deux petites plages devenaient de plus en plus agréables comme l'attestait d'ailleurs l'augmentation régulière du nombre de leurs visiteurs. Aucun des autres membres de la petite communauté naturiste n'aurait osé aider le maître de céans dans sa tâche journalière. Selon un contrat implicite, ce travail, il devait l'assumer seul. Car, en réalité tout se passait comme s'il s'agissait là d'une sorte de privilège que tous devaient d'un commun accord lui réserver. Toute aide eût été aux yeux des disciples un outrage fait au maître et aux yeux du maître un affront de la part de ses fidèles. Par contre, il fallait bien constater que tous respectaient les règles préétablies d'un jeu qui consistaient à se dévêtir à peine arrivés et à ne laisser sur place, au moment de leur départ, aucune trace qui aurait été susceptible de prouver le passage d'un quelconque être civilisé. En adeptes disciplinés, tous considéraient qu'il était hors de question d'allouer à Tonio un travail supplémentaire en abandonnant sur le rivage quelque immondice, aussi maigre fût-il.

C'est en ce lieu de paradis que, peu à peu, Ginette s'éprit véritablement et définitivement de Gaston. Elle avait fini par admirer ce petit homme, cet être malingre et sans personnalité que certes elle avait épousé sans amour, mais, qui lui apportait maintenant le bonheur d'une vie dont elle ignorait avoir toujours rêvé. Dorénavant, trop attachée à Gaston, elle savait qu'elle ne céderait jamais aux avances, discrètes certes, mais constantes, du beau et séduisant Sebastián que le couple continuait cependant de rencontrer chaque soir. En effet, nul n'étant parfait en ce bas monde, l'ascétisme exemplaire qu'ils pratiquaient durant la journée n'empêchait aucunement Ginette et Gaston de poursuivre, en compagnie de leurs vieux amis de la plage du couchant, une vie nocturne que d'aucuns, à l'esprit sans doute trop étriqué, jugeraient quelque peu agitée.

Il faut dire, à leur décharge, que, disposés au partage,

les nouveaux amoureux ne s'étaient pas économisés pour tenter de convaincre leurs compagnons dans le but de conduire ces derniers jusqu'à l'endroit rêvé en soulignant l'intérêt et la beauté du lieu qu'ils avaient découvert et qu'ils s'étaient approprié. Mais, rien n'y fit. Leurs efforts furent plus que vains. De concert, les membres de la bande refusèrent de les accompagner. Ils préféraient se prélasser sur le sable tout le jour afin de garder un maximum d'énergie pour la nuit. De toute évidence, leurs camarades n'étaient vraiment pas faits pour la marche. Ginette et Gaston passaient désormais le plus clair de leurs journées entre les deux criques. Précisément entre les deux car ils s'installaient le plus souvent sur l'éperon rocheux et se baignaient selon leur envie sur l'une ou l'autre des deux plages. Le couple filait ainsi le parfait bonheur. Et, la jeune femme était si certaine aujourd'hui de rester fidèle à son époux que ce fut elle, la première, qui envisagea de racheter le petit atelier que la pauvre Carla, trop occupée à satisfaire des penchants éthyliques de plus en plus exigeants, n'utilisait plus pour pratiquer son art. Aux dires de Gaston, ils allaient pouvoir facilement et à peu de frais transformer l'endroit pour en faire une charmante maison de vacances. Ainsi, un mois par an pour le moins, les deux couples amis deviendraient voisins dans le village des terres.

Le mariage

Sans doute pensez-vous, en personnes trop sensées qu'à force de temps vous êtes assurément devenues, qu'il est ridicule d'avoir peur des girafes et nécessaire de ranger les sardines dans leur petite boîte métallique ? Et bien, quant à moi je vous répondrai que vous n'avez sans doute pas encore pris suffisamment le temps ou la peine d'écouter ce que dit, ou plutôt de lire ce qu'écrit, Victor.

Depuis son enfance en effet, Victor avait ce qu'il est convenu d'appeler une peur bleue des girafes. De même, il ne supportait pas l'ordre trop parfait des sardines dans leur boîte, enchevêtrées qu'elles sont dans un immense soixante neuf partouzard sans queue ni tête. Le garçon avait bien, et ce dès son plus jeune âge, essayé de résoudre ces deux problèmes qu'à tort il pensait existentiels. Dans ce but, il avait cherché de l'aide auprès de son entourage. Mais sa quête fut vaine et ses espoirs furent déçus. Toutes les personnes auxquelles il tenta de se confier comprenaient mal en effet pourquoi l'enfant s'effrayait tant à la vue d'un animal qui somme toute était des plus pacifiques et dont la seule bizarrerie apparente se justifiait aisément par la nécessité que ce dernier avait d'atteindre, jusque dans les arbres, la nourriture que la nature lui destinait. De même, elles ne s'expliquaient pas plus les raisons qui menaient le gamin à refuser un rangement méthodique des sardines dont les avantages pratiques et esthétiques étaient évidents et devaient sauter aux yeux de tout esprit, fût-il le plus tortueux. De toute évidence, autour de lui, les gens avaient des problèmes bien plus importants à traiter et ne pouvaient se permettre de perdre leur temps et leur énergie avec de telles balivernes. Bah !, tout cela n'était que fadaises, que balivernes et futilités ; n'avait-il donc rien d'autre à faire que de soulever des questions qui n'avaient pas lieu d'être posées.

Son père, le seul être qui, en d'autres temps, aurait sans doute pu lui apporter quelque secours, le seul qui aurait pu ébaucher quelques réponses raisonnables à ses questionnements, avait depuis longtemps renoncé, avec l'aide faussement généreuse de l'alcool, à ses prérogatives de chef de famille pour se réfugier dans les souvenirs d'un passé lointain uniquement peuplé de paysages marins, de bateaux et de tempêtes. L'homme parvenait ainsi, tant bien que mal, à s'accommoder de la tyrannie d'une épouse qui ne vivait plus que pour elle-même et les quelques instants de plaisir qu'elle arrachait auprès de ses amants. Elle répétait à tout va qu'elle n'avait jamais désiré d'enfants ; ceux-ci n'étaient survenus dans sa vie que par mésaventure ; ils ne constituaient que des accidents auxquels il lui avait bien fallut faire face.

Victor finit donc par comprendre que toute tentative de communication était vaine et, en conséquence, il se plongea vite dans un mutisme qu'il ne consentait à briser qu'en cas d'absolue nécessité. Mais, au fond de lui-même, il n'en continuait pas moins de penser, en toute ingénuité, qu'entre l'ordre que représentaient les sardines dans leur boîte et la démesure que figuraient les girafes, il devait bien exister un équilibre qu'il lui appartenait de trouver ou pour le moins de rechercher.

En devenant adulte, les difficultés qui avaient gâché son

enfance devinrent un peu plus faciles à supporter. Car, à force d'être délaissé, et aux seules fins de se préserver, il était parvenu à se construire un univers bien à lui, un endroit protégé qu'il habitait seul et qui constituait une sorte d'observatoire à partir duquel, sans jamais être vu, sans jamais être entendu, il pouvait à loisir regarder et écouter le genre humain qu'il s'efforçait par ailleurs de mépriser largement.

Hormis ce travail d'observation méthodique, systématique, quasiment scientifique, qui occupait la majeure partie de son temps le jeune homme consacrait les instants qui lui restaient à de multiples efforts afin d'éviter tout contact véritable, c'est-à-dire tout échange, avec ses congénères et leur foutue société. Certes, au plus profond de lui-même, il savait bien qu'il ne pouvait totalement échapper à ce triste monde qui l'entourait et qui prenait un malin plaisir à le désenchanter. Sa lucidité naturelle le forçait à admettre l'absolue nécessité de l'autre. Parfois même, il prenait tellement conscience du fait qu'il ne pouvait se soustraire à cette indigence que, tout contact véritable, tout rapport profond et sincère qu'il aurait alors sollicité, aurait à ses yeux frisé une impertinence, voire même une indécence dont il se sentait incapable d'assumer tant la honte que la responsabilité. Il ne voulait à aucun prix faire de l'autre son semblable.

Aussi, c'est pour échapper à ce sentiment de dépendance des plus inconfortables, qu'il décida de bannir, sinon de sa vie au moins de ses préoccupations, et ceci d'une manière qu'il pensait alors définitive, les hommes et leur triste compagnie. Assurément, rien n'était en mesure de changer sa détermination, pas même le charme des femmes, leurs appâts et la douceur de leurs caresses. Il en était tellement convaincu qu'il consentait aisément à s'y soumettre de temps à autre afin de satisfaire un corps qui n'en gardait pas moins quelques exigences purement physiologiques, une soif qu'il fallait bien étancher. Pour l'occasion, il se rendait dans ces sordides établissements spécialisés qui ont fait de l'amour un commerce et par conséquent de la femme une marchandise. Là, refusant systématiquement de choisir celle qui le soir même occuperait sa couche, il se contentait de prendre place loin de l'agitation habituelle du lieu pour attendre la première professionnelle qui, en manque d'argent et de compagnie, trouverait le courage d'aborder l'étrange mur de glace qu'il offrait alors aux regards.

C'est pour toutes ces raisons que, contrairement à la plupart de ses congénères, il avait allègrement dépassé la trentaine sans s'être encore décidé à prendre une compagne qu'il trouvât digne de partager et soulager ce qu'il considérait, bien à tort, comme sa sombre existence. Il aurait, sans l'ombre d'un doute, volontiers accepté que la belle le raisonnât maintes fois, sans toutefois parvenir à le convaincre pensait-il alors, sur la nature non fondée des craintes que lui inspiraient les mammifères aux frêles pattes et au cou démesuré. Mais, il n'eût, pour rien au monde, supporté devoir, chaque soir, en rentrant de son travail, poser systématiquement ses clefs sur l'étagère de gauche, ou encore laisser son porte monnaie dans le tiroir de droite, pour obéir à un rituel propre à rassurer une épouse et à faire de lui un mari qu'on supposerait, sinon idéal, pour le moins modèle.

Et puis, malgré ce qu'il pensait être d'intangibles résolutions, un grand soir, le grand soir, son grand soir arriva lorsque, par hasard, il y eut cette rencontre avec Hélène. Il lui aura suffi de croiser le regard de cette femme paisiblement assise à la terrasse d'un café, de grands yeux d'un bleu clair et cependant profond. Il se vit en elle, tout entier. Il la sentit en lui, totalement. Et, à travers ce cliché parfait d'un amour convenu, tous deux comprirent aussitôt que les circonstances qui les réunissaient avaient été planifiées : une force immuable, une énergie insurmontable, que d'aucuns sans doute appelleront le destin, ailleurs, en d'autres temps, avait déjà tout conçu, tout préparé. Ainsi, à leur insu, ils étaient nés l'un pour l'autre, faits pour tout partager. Même les rares défauts que chacun aurait pu alors percevoir chez l'autre, en y prêtant attention, n'étaient pour l'heure que de simples maladresses encore attendrissantes. Au moment précis où leurs yeux pour la première fois se sont trouvés, où leur corps pour la première fois se sont devinés, ils comprirent que leur union s'imposait comme un avenir certain, un lendemain inévitable ; ils n'avaient rien à faire pour la précipiter : ils se devaient l'un à l'autre, tout simplement, inexorablement.

Tant pour Victor que pour Hélène, il était bien trop tôt pour penser encore au mariage. Il est vrai qu'à cette époque, tous deux concevaient cet engagement non seulement comme un simple contrat formel, mais surtout comme une concession faite à un ordre moral qui, sans cesse, et au détour de chaque administration, nous traque et nous fiche. Aussi, c'est le plus librement du monde que pendant dix sept ans le couple choisit de mener son union.

Et puis la vie, tout simplement, tout doucement, sans la moindre haine, s'est chargée d'égrainer ses habituelles injustices. Victor a d'abord vu son père quitter ce vaste conglomérat de rêves qu'il habitait pour s'effacer dans de longues et inutiles souffrances. Ce fils aimant et dévoué qu'il se voulait s'est même efforcé, non par simple égoïsme, de faire tout ce qui lui était possible pour retenir le plus longtemps possible son géniteur en ce bas monde, allongeant ainsi en vain une terrible et douloureuse agonie. Ensuite, Victor a assisté à l'envol de ses dernières illusions politiques et de ses espérances sociétales lorsque là-bas, à l'Est, de l'autre côté du mur, qualifié de la honte, la seule quête du profit, quoiqu'on en dise, a fini par déboulonner Marx et Lénine de leur piédestal sans que pour autant, en d'autres lieux, les dictateurs, quoiqu'on en pense, ne cessent de danser le tango ou tout autre rythme à leur mesure. Puis, il a vu ce même mur se fissurer avant de tomber dans l'allégresse presque générale, offrant ainsi à de nouveaux consommateurs, par ailleurs futurs obèses, la possibilité d'acheter le coca-cola et le mac-do dont les pauvres bougres avaient été si longtemps privés et permettant surtout à Mickey de venir s'installer sur un terrain encore vierge, une terre nouvelle ouverte à sa conquête, un nouvel eldorado où toutes les horreurs du passé pourraient, une fois de plus, être la source de bénéfices intarissables.

Mais les athées, pour incorrigibles qu'ils soient, et pour sûr ils le sont, n'en gardent pas moins leur métaphysique. Alors, pour Victor, le mariage a peu à peu pris tout son sens. Tout doucement, cet acte est devenu à ses yeux une sorte de communion qui constituait, à la face du monde et de ses exigences, la seule affirmation possible, véritable et raisonnable que la quête de l'autre se pose encore comme une nécessité. La quête de cet autre, de ce différent qui en réalité ne réside qu'en nous-mêmes, mais dont notre partenaire, si proche, tel un simple miroir, devient alors l'image. C'est par l'autre, grâce à l'autre, que cet homme, Victor, avait enfin le sentiment de pouvoir racheter la seule faute dont en tant qu'individu il ne portait pas véritablement la culpabilité. Il allait pouvoir enfin combler ce manque originel, cette imperfection qui n'est, en définitive, que la conséquence d'un hasard qui pousse ou se creuse entre nos jambes. Il avait compris que l'être humain, qui ne peut venir au monde avec les deux sexes, était par essence raté. Mais, il lui fallait, maintenant, accepter aussi cette évidence par laquelle seul l'amour avait le pouvoir de compenser quelque peu cette imperfection dont il était la preuve vivante et que la nature avait programmée par la seule voie du tirage au sort d'un unique spermatozoïde paternel vainqueur d'une course aléatoire. L'amour seul en effet lui permettait de voir en l'autre son sexe caché, celui que les hasards de la naissance lui avaient définitivement interdit d'arborer. Et dès lors, pour Victor, le mariage représentait non seulement la prise de conscience de son manque, mais aussi, et surtout, l'affirmation, à la face du monde et de la société, que cette déficience originelle pouvait être vécue comme la source d'un dépassement.

Hélène devait être sa moitié parce qu'il se sentait maintenant à demi femme ; quant à lui il voulait offrir à sa compagne la preuve physique d'une masculinité dont il devinait qu'elle était à demi porteuse. Ainsi, ensemble, devaient-ils tenter de se rapprocher d'une perfection que d'aucuns assimileront sans doute à la divinité. Mais en définitive, l'homme, en inventant Dieu, ne l'avait-t-il pas fait à son image ? En vivant intensément cette recherche d'unité à travers le mariage, Victor était enfin convaincu qu'un jour prochain, même s'il continuait de détester l'ordre des sardines, il finirait par ne plus craindre le cou démesuré des girafes.

Victor expliqua longuement tout cela à Hélène, trop longuement sans doute. Il vit bien qu'elle ne comprenait pas vraiment ses arguments. Elle se fatiguait de son discours.

Il faut dire qu'elle n'aimait pas les grandes démonstrations dont il était friand. Elle ne percevait dans les propos de son amant rien d'autre que les délires de l'artiste incompris qu'il se plaisait à être, une extravagance, une folie de plus à mettre à son actif. Il aurait dû lui en vouloir ; elle le renvoyait à son passé, à ses déceptions, à son enfermement, à ses lectures solitaires, à son quichotte. Comme l'avait fait avant elle la dulcinée du roman à l'égard de son chevalier servant, Hélène ne parvenait pas à trouver une raison à la déraison de Victor. Mais, ce dernier, en habile stratège qu'il était, insista pendant plusieurs mois puis, n'aborda plus du tout la question.

Cette nouvelle attitude inquiéta Hélène qui ne redoutait rien moins que les silences de son concubin. Elle laissa passer quelque temps et finit par lui proposer : « Et si l'on se mariait ». Bien évidemment, cette demande réjouit Victor mais il fit en sorte de n'en rien montrer. Avec un flegme apparent, il s'empressa d'accepter par peur que la belle ne changeât d'avis rapidement. Le mariage fut civil. La mère de Victor refusa d'y assister. Cela n'était pas très important : il allait pouvoir poursuivre sa quête.

Le marcheur

Lorsqu'il arrivera de la côte par la route trois cent soixante sept jusqu'au village des terres et qu'il verra se dresser devant lui la Montagne, cet immense mur vertical qui dépasse les mille quatre cents mètres d'altitude et qui domine tous les alentours, le marcheur oubliera rapidement qu'en ce lieu, à l'endroit même où il se trouve, il ne se situera qu'à deux cent trente huit mètres au dessus du niveau de la mer. Comme à l'accoutumée en cette saison, le ciel sera d'un bleu immense. Cependant, ce jour là, un petit nuage, une petit cumulus blanc restera, on ne sait pourquoi, délibérément et obstinément, accroché au relief.

Dans sa partie supérieure la Montagne semble s'ouvrir en deux sommets distincts que sépare un large col situé à mille deux cent quatre-vingts mètres : le « Bancal del Moro ». Le sommet géodésique, la « Creu », dont l'altitude est précisément de mille quatre cent huit mètres, se trouve en réalité sur la partie orientale. Lorsqu'on l'observe depuis le village des terres, mystère de la perspective, ce sommet géodésique n'apparaît pas comme le point le plus élevé. Celui-ci semble en effet se placer beaucoup plus à l'ouest : il s'agit là du pic de « Prim » qui, en réalité, ne s'élève qu'à mille trois cent vingt mètres.
Considéré depuis le village, ce pic de « Prim » est sans nul doute la partie la plus spectaculaire de toute la Montagne. Il offre aux yeux de l'observateur une large crevasse, une vaste brèche, le « Tajo de Roldán », encore

appelé par les autochtones le « Portell ». Cette brèche, cette ouverture, ce portail est la source inépuisable de légendes les plus diverses. L'une d'entre elles raconte que le personnage de Roland, supposé être un descendant de Charlemagne transformé pour l'occasion en géant, qui, voulant retarder la mort de son aimée, condamnée par la prophétie d'un autre colosse à s'éteindre au coucher du soleil, n'aurait pas hésité à fendre la Montagne d'un coup de son épée pour différer de quelques minutes l'instant fatal. Mais cette fable, sans doute la plus répandue, n'est pas la seule. Ainsi d'autres prétendent que le fameux Hannibal Barca, le carthaginois, en route vers Rome accompagné de ses non moins fameux éléphants lors de la seconde guerre punique, aurait fait voler jusqu'à la mer, par une simple et unique ruade de son cheval, un large morceau de roche qui serait ainsi devenu cette île qu'on aperçoit à moins de quatre kilomètres de la côte. On dit enfin, depuis quelques années, histoire sans doute d'actualiser la légende, que d'étranges visiteurs, après avoir entaillé la roche, seraient venus régulièrement de lointaines planètes et, d'un naturel méfiant, ils auraient choisi cet endroit escarpé dans le seul but de prendre un premier contact avec notre monde. On n'hésita pas d'ailleurs, en 1968, année de tous les possibles, et, aux seules fins de prouver cette hypothèse qui pour beaucoup paraissait pour le moins fantaisiste, à organiser une expédition des plus sérieuses où s'associèrent quelques ufologues renommés et nombre d'alpinistes chevronnés dans l'espoir d'une hypothétique rencontre qui, bien sûr, n'eut jamais lieu.

Même si en ces lieux les rares mais violentes variations des conditions météorologiques ne se privent pas de venir tout fausser, quiconque a pratiqué quelque peu la marche en montagne sait que l'unité de temps y est encore, et quoiqu'on en dise, le meilleur outil pour mesurer les distances.

S'il avait souhaité grimper par le versant sud pour se rendre jusqu'à la cime, le randonneur, à force de patience, aurait bien fini par savoir, en interrogeant longuement les autochtones qu'il lui faudrait prévoir plus de quatre heures de marche à travers un éboulis, le « Carreró », dont les pierres, lors de la montée, se seraient dérobées sous chacun de ses pas. Une fois le sommet atteint il lui aurait fallu envisager pour le moins la même durée afin de revenir au point de départ par le même chemin tant la descente aurait été rendue compliquée par la dangerosité consécutive aux phénomènes d'érosion que sa seule action aurait engendrés. En effet, chaque pression de son pied sur un sol instable aurait alors eut pour conséquence la survenue inévitable d'un torrent de caillasses qu'il lui aurait été impossible de contrôler. À chaque pas il aurait dû se concentrer pour ne pas risquer la chute.

Pour faire le tour complet de la Montagne entre quatre et cinq heures seront nécessaires à notre marcheur. Il devra avancer sur un sentier facilement repérable qui passe par un large col situé sur le versant nord : le col du « Pouet ». Au niveau de ce col, il pourra être aisé à notre homme de faire une pause, il pourra choisir alors de s'asseoir quelques minutes sous un large pin parasol à la ramure impressionnante. Il sera pour lui évident que le temps pris pour jouir de ce repos devra être soustrait de la durée totale qu'il aura prévue pour la randonnée. En fait, à partir de ce col, il serait également possible de monter jusqu'au sommet par le versant septentrional. Mais, ceci, le marcheur ne l'apprendra que bien plus tard car les habitants du village des terres, peu disposés pour l'heure à céder leurs informations, hésiteront longtemps à révéler leurs secrets à l'étranger et, ne lui donneront, lors des premières rencontres, que bien peu de précisions quant aux chemins à suivre et quant à la durée des différentes excursions.

En partant du cœur même du village des terres où il aura pu trouver une chambre d'hôtes pour se loger à un prix raisonnable, il sera nécessaire à notre marcheur de prendre une route qui le conduira jusqu'à la « Font del Moli », une fontaine où vomissent quinze bouches généreuses. En ce lieu, situé à trois cent quarante mètres d'altitude, il pourra, et il devra en cette période estivale où il a entrepris cette reconnaissance, remplir son bidon, d'une eau certes fraîche mais aux garanties bactériologiques pour le moins incertaines. À partir de là, il lui faudra continuer quelques minutes sur un chemin de grande randonnée encore asphalté bien que sérieusement dégradé. Juste après être passé sur un petit pont qui enjambe un canal, le « Canal del Barranquet », la plupart du temps asséché en cette saison, le marcheur devra alors quitter le bitume par la droite. C'est en effet en cet endroit que, sur une petite terrasse, derrière un minuscule massif de pins sylvestres, il aura véritablement accès à la Montagne.

Deux itinéraires s'offriront alors à lui : le premier, le plus large, situé à sa main droite traverse un vaste plateau pour conduire jusqu'au pied de l'éboulis du « Carreró », et donc permettre dans un second temps d'entreprendre la difficile ascension jusqu'au sommet par le versant sud, alors que le second, à sa gauche, le plus étroit mais néanmoins le plus accueillant car offrant en cette période estivale de nombreuses zones d'ombre, contournera la Montagne par le versant occidental pour monter jusqu'au col du « Pouet » et continuer sur le versant oriental jusqu'à revenir à la « Font del Moli ».

Lorsque le marcheur choisira l'itinéraire de gauche et renoncera donc momentanément à l'ascension jusqu'au sommet par la face sud, il découvrira une ancienne piste à peine dessinée : le « Camí de la Serra ». Il marchera alors pendant cinq petites minutes avant de croiser un chemin plus large qu'il ne devra en aucun cas emprunter à moins de vouloir revenir sur ses pas. Il lui faudra au contraire, pour continuer sa route, prendre un petit sentier qui s'ouvrira discrètement devant lui. Bientôt, il apercevra pour la première fois sur sa gauche la majestueuse chaîne des « Castelets » au profil caractéristique : une sorte de rempart, surmonté de créneaux ciselés, ensemble posé là, en pleine nature, comme destiné à protéger une cité qui échapperait à tout regard. Peu à peu il perdra provisoirement ce relief de vue en se dirigeant vers un petit massif rocheux, la « Penya Frassoi » : une proéminence isolée, située à la gauche de la Montagne et séparée de celle-ci par d'anciens terrains en espaliers qui portent encore la trace d'anciennes cultures. Il continuera jusqu'au lieu appelé « El Volador » : une sorte de plate forme qu'il atteindra environ une heure après avoir laissé derrière lui la fontaine et ses sonorités chatoyantes dont il gardera encore la trace au plus profond de son ouïe. En ce lieu, situé à six cents dix sept mètres d'altitude, il pourra prendre quelques instants pour contempler la beauté et la grandeur du paysage. D'un regard circulaire il découvrira ainsi successivement « la Serra d'Orxeta », « el Cabeçó d'Oro », « la Carrasqueta », « els Plans », « els Castelets » pour la seconde fois et « la Aitana » point culminant de la région.

Quand il reprendra sa route, il constatera le changement progressif de la végétation et en conclura qu'il approche peu à peu du versant nord. En dirigeant son attention vers la droite, vers la cime, il verra se dessiner le « Portell » sous un angle inhabituel qui le déconcertera, qui l'effrayera presque. Puis, il passera près d'un refuge de tôle, « el refugio José Manuel », situé à près de huit cents mètres d'altitude. Il poursuivra son ascension sans même prendre le soin de pousser la porte de la cabane pour examiner l'aménagement intérieur constitué d'une grande table de bois, de deux bancs du même matériau et d'une série de quatre couchettes métalliques des plus sommaires. Un quart d'heure plus tard, il finira par atteindre, au nord de la Montagne, le col du « Pouet » situé à huit cent quatre vingt trois mètres d'altitude. De là, le marcheur, en dirigeant son regard vers le sud, admirera alors le sommet et, en se retournant il pourra contempler, au nord, une autre cime, plus arrondie, celle du « Ponoig », dressée à mille quatre vingt un mètres d'altitude dont il se jurera d'entreprendre l'ascension dans un avenir proche.

Á partir du col du « Pouet » partent différents itinéraires. L'ascension du « Ponoig » et l'accès au col de « Llam » peuvent se faire en suivant la direction nord après avoir eu le courage d'enjamber une petite crevasse. En suivant ce même sentier, escarpé, il est également possible de contourner le « Ponoig » pour rejoindre la ville voisine de Polop bien qu'il soit plus aisé pour ce faire de prendre vers l'est un chemin plus large et plus aisé. Mais, pour l'heure, c'est une piste qui se dirige vers le sud-est et contourne au plus près la Montagne qui intéresse notre marcheur ; c'est également cette voie qui lui permettrait, et qui lui permettra plus tard, mais il l'ignore encore, de faire l'ascension de la Montagne par la face nord.

L'homme prendra ce chemin, il grimpera encore pour arriver bien vite à un embranchement où il se trouvera face à deux progressions possibles. La voie de droite grimpe de manière abrupte jusqu'au sommet. Elle traverse une réserve florale aux qualités rendues exceptionnelles par une intéressante variété de plantes indigènes rares et, passe à proximité d'un ancien puits de neige dont l'exploitation est depuis longtemps arrêtée mais qui autrefois avait pour charge d'approvisionner en pains de glace les pêcheurs du village de la côte afin de conserver dans les meilleures conditions le fruit de leur travail. Le sentier de gauche quant à lui continue de contourner la Montagne en se dirigeant obstinément vers le versant est.

Puisque pour l'heure il est dans l'intention du marcheur de se limiter au tour complet de la Montagne, il prendra, guidé à la fois par son expérience et par son instinct, ce petit sentier de gauche qui l'amènera à neuf cent trente mètres d'altitude jusqu'à une fontaine, la « Font de la Solsida », qui demeure aujourd'hui la plupart du temps à sec mais où les bergers conduisaient naguère et jadis leurs bêtes afin qu'elles prennent le temps de se désaltérer. Il sera alors médusé par la verticalité de la Montagne qui en cet endroit offre un mur d'une impressionnante et tragique beauté. Il lui faudra longer cette falaise pour embrasser du regard toute la côte orientale d'où se détacheront la baie d' « Altea », le « Penyal d'Ifach », la « Serra Bèrnia » et la « Serra Gelada ». De là, le sentier redescend lentement en dessinant un arc de cercle pour s'ouvrir sur le sud et découvrir la côte jusqu'à « Cartagena ». Chemin faisant, le marcheur sera passé sans même s'en apercevoir près d'une large grotte, la « Cova del Cremat », dont l'entrée s'ouvre à la verticale. Puis, après s'être lancé sur une pente au dénivelé important, il parviendra jusqu'à la « Foia Cac » où il trouvera les restes d'une maisonnette construite en pierres sèches, sorte d'abri offert autrefois aux promeneurs égarés ou surpris par les intempéries. De là il dévalera entre les pins et les chênes jusqu'aux premières villas. Enfin, il tournera à droite pour rejoindre la « Font del Moli » où il se désaltérera une dernière fois avant de redescendre vers le village.

Problèmes sur les criques

Sur les deux criques, un changement radical se produisit au cours de cet été où l'école de plongée de la ville voisine, ville vers laquelle, il faut le rappeler, les pêcheurs du village de la côte avaient été contraints de se déplacer avec armes et bagages pour laisser place à l'agrégat de touristes, décida de faire des lieux d'abord sa principale, puis son unique base d'entraînement. Pourtant, dans un premier temps, on aurait pu croire que, comme dans l'hypothétique meilleur des mondes voulu par certains de nos philosophes, tout allait pouvoir, enfin, pour une fois, se passer pour le mieux. Les apprentis plongeurs, forts de leurs ambitions et de leur appétence, arrivaient en effet sagement rangés à bord de leurs petites embarcations de caoutchouc noir ; puis, ils s'évertuaient, avec la maladresse qui est le propre de tout débutant, à s'harnacher d'un équipement plus ou moins élaboré pour se laisser ensuite doucement guider vers les profondeurs par leurs moniteurs expérimentés avec lesquels les occupants habituels de la plage entretenaient d'ailleurs les meilleures relations.

Mais les choses se compliquèrent vraiment, et ceci de manière irréversible lorsque, une fois leur apprentissage terminé, leur stage effectué, de la manière la plus officielle qui soit, les anciens élèves, forts de leur nouvelle formation, et donc fiers de leur nouveau diplôme, revinrent seuls, non plus pour admirer, comme naguère, le spectacle offert à leurs yeux par les fonds marins mais pour tenter d'extraire de l'eau le plus grand nombre possible de poulpes, de poissons et autres animaux comestibles.

Pour mener à bien ce qui était devenu entre eux une simple, mais néanmoins farouche compétition, les plongeurs néophytes arboraient et brandissaient des armes plus ou moins sophistiquées dont ils maîtrisaient si mal le maniement et la portée qu'à terme l'accident se devait inévitable. En outre, les plus malhabiles des chasseurs sous marins, et il faut bien avouer qu'ils étaient légion, voulant se justifier de leur maigre tableau aux yeux de leurs pairs quelque peu plus adroits, reprochèrent bientôt aux pauvres et pacifiques baigneurs naturistes de faire fuir leurs proies potentielles et d'être ainsi l'unique cause de leur humiliation. En conséquence, croyant ainsi trouver une solution à un problème qui en réalité n'existait pas, la plupart des noires grenouilles caoutchouteuses adoptèrent à l'égard de ceux qui pouvaient être considérés comme les autochtones une attitude franchement menaçante.

Tonio, qui, avec l'accord tacite des autres nudistes, avait jusqu'à présent toujours pris la peine d'agir en sa qualité incontestée de maître des lieux, tenta, au nom de son groupe, de conduire auprès des perturbateurs l'ébauche d'une négociation qui aurait permis aux deux communautés de vivre sinon en bonne intelligence mais pour le moins en bonne harmonie.

Mais, c'était-là sans compter sur l'intransigeance du camp adverse dont les arguments étaient sans le moindre appel :

- Toi le vieux, ramasse tes couilles ou on te pique le cul ; tu l'auras bien cherché !

Une telle attitude n'engageait guère les plagistes à mener beaucoup plus avant d'éventuelles tractations avec les nouveaux venus. Il était évident que toute tentative d'accommodement entre les deux parties se révélait impossible. Aussi, après maintes tergiversations au sein du collectif naturiste, fut-il décidé, en dernière instance, de constituer une représentation qui solliciterait dans les plus brefs délais une rencontre avec le plus haut magistrat de la ville voisine, ou pour le moins l'un de ses représentants autorisé, dans l'espoir d'obtenir, sinon un soutien, du moins une solution au problème posé.

Quelle ne fut pas leur surprise de voir qu'en haut lieu leur demande fut prise en considération. La rencontre eut lieu dans les locaux de l'Hôtel de ville. Les membres de la délégation furent reçus et écoutés par le maire en personne : un petit homme rondouillard à la mine fort sympathique. L'homme comprenait parfaitement leur embarras ; et, magnanime, il s'engageait même à y remédier sans retard. Donc, puisque le pouvoir lui en était donné par ses administrés et tout le tintouin, il interdirait dorénavant aux plongeurs, par simple arrêté, de transformer l'endroit en terrain de chasse et proposerait même, lors de la prochaine réunion plénière du conseil municipal, de faire des deux plages, et ceci de la manière la plus officielle qui soit, un espace totalement dédié au naturisme et, qui plus est, entièrement consacré à la défense de l'écologie dont de toute évidence, il en avait bien conscience, ses interlocuteurs se posaient comme les ardents défenseurs ce dont par ailleurs, à titre personnel, il les félicitait. Non seulement ces propos eurent pour avantage de rassurer la petite communauté et, bien que la promesse fut de nature politique, elle se trouva, contre toute attente, suivie d'effets.

Les conséquences de la décision municipale furent notables puisque, quelques mois après l'entrevue, non seulement les combinaisons de caoutchouc noir avaient totalement disparu des plages, mais encore, le chemin, qui constituait encore l'unique voie d'accès au petit paradis, s'orna d'un splendide et ostentatoire panneau rédigé en trois langues uniquement destiné à avertir tout promeneur éventuel qu'au-delà de cette limite il était susceptible de rencontrer des personnes qui, bien qu'étant dans le plus simple apparat et donc dans le plus simple appareil, n'en demeuraient pas moins dans leur bon droit. Mais, les choses n'en restèrent pas là puisque l'édile, sans nul doute encore animé des meilleures intentions, nul parmi les quémandeurs ne pouvait alors en douter, ordonna à ses services, dans le seul objectif de faciliter l'accès à un lieu dont la beauté se devait selon lui d'être partagée par le plus grand nombre, qu'on déroulât jusqu'aux criques une route, un long et large ruban asphalté, qui se terminerait en un vaste parc de stationnement sur lequel plus d'une centaine de véhicules pourraient, dans l'intérêt général, trouver place.

À peine les travaux furent-ils terminés qu'une foule aux allures bigarrées se pressa pour envahir l'endroit. Il s'agissait bien en effet d'un envahissement, d'une véritable invasion, d'une incontestable effraction car, avec le cortège incessant des automobiles arrivèrent d'abord ce que les résidents habituels du lieu avaient convenu de nommer les « textiles » au seul titre qu'ils n'envisageaient nullement, et ce pour rien au monde, de quitter le traditionnel morceau de tissu qui leur entravait la taille et avait pour fonction principale de dissimuler, souvent tant bien que mal aux regards de leur prochain, leur appareil génital. Mais les dommages ne s'arrêtaient pas là car, hormis leur ostensible cache sexe, tous ces nouveaux venus étaient armés de parasols, de sandwichs, de canettes, de matelas gonflables et autres bagages qui une fois brisés, sucés, lampées, percés ou dépaquetés, selon la catégorie à laquelle ils appartenaient, étaient lâchement abandonnés sur le rivage par leurs anciens propriétaires devenus pour l'heure simples consommateurs.

Chaque fin de semaine, l'affluence était telle que le site était devenu presque insupportable à la majeure partie des premiers occupants qui persistaient, contre vents et marées, tant bien que mal, à vivre nus et qui, par voie de conséquence, devenaient l'objet des moqueries incessantes des plus hardis ou des regards bisques des plus pervers des derniers colonisateurs. Devant cet état de fait, seul Tonio, qui en tant que « technicien de surface » demeurait le seul garant du bon état du site, se montrait imperturbable malgré la surcharge de travail que lui occasionnait la présence des nouveaux arrivants.

Mais les choses n'en restèrent pas là, puisqu'une bande de jeunes gens, de jeunes hommes en particulier, aux allures à priori sympathiques, mais dont on devinait clairement une homosexualité qu'ils ne cherchaient d'ailleurs pas à cacher, prit possession de l'éperon rocheux qui séparait les deux plages. Là, ils venaient passer la journée dans le but de se reposer d'un travail nocturne qui les occupait dans les nombreux clubs des alentours toujours plus friands de nouveautés érotiques. Rapidement, le bouche à oreille fonctionna et leur nombre se multiplia à tel point que commença de s'installer sur la plage un exhibitionnisme des plus malsains : les caresses amoureuses, d'abord esquissées du bout des doigts entre partenaires de même sexe, se changèrent bientôt en attouchements libidineux qui de toute évidence étaient essentiellement destinés à choquer le « bourgeois ».

Dans un premier temps, ces nouveaux comportements eurent l'avantage indéniable de faire fuir les familles multicolores du samedi et du dimanche après midi. Mais un commerce pernicieux finit par voir le jour. Dans les moindres recoins, dans les bergeries abandonnées des alentours, derrière quelques buissons, contre quelque argent, des couples « gays » se donnaient en spectacle à quelques voyeurs refoulés ; mais surtout, les couples hétérosexuels ainsi que les femmes étaient de moins en moins bien admis sur la place.

Ainsi, même si elle était cruelle, Ginette et Gaston devaient admettre cette nouvelle réalité. Ils devaient se rendre à l'évidence et constater par eux-mêmes qu'ils ne trouvaient plus réellement leur place dans la nouvelle communauté élargie qui peu à peu s'était constituée. Leur paradis était perdu. Qu'à cela ne tienne, il leur restait une consolation, maigre certes, mais à laquelle ils pouvaient se rattacher : ils savaient qu'au village de la côte, sur la plage du couchant, à la seule condition qu'ils renoncent à s'exposer et à vivre nus, leurs amis noctambules et fidèles les attendaient. Ils les retrouveraient facilement : ne s'installaient-ils pas toujours près de l'horrible sirène bicolore, entre le ridicule bateau de pirate aux voiles mouchetées et l'hippocampe trop bariolé.

Ils choisirent donc de prendre congé de Tonio en tentant de lui expliquer les raisons qui les contraignaient au départ. Il ne les comprit pas vraiment mais, en homme tolérant qu'il était, il fit semblant de s'accommoder de leur décision. Tendrement, pour la première fois, il prit le temps de les embrasser. C'est alors qu'ils prirent conscience que, étrangement, l'homme de soixante ans qu'ils avaient repéré voilà vingt ans sur le bord de la plage n'avait absolument pas changé. Eux, avaient vieilli. Oh ! De façon tout à fait normale, sans excès. Ils avaient pris quelques rides ici ou là et, malgré leur vie saine et sportive, leur charpente s'était épaissie et leurs chairs s'étaient quelque peu affaissées au fil du temps. Tonio, quant à lui, et contre toute attente, était égal à l'image qu'il avait offerte au couple au jour même de leur arrivée, égal à l'être qu'il avait toujours été. C'est à ce moment précis qu'ils se rendirent compte qu'en réalité, l'homme qui était face à eux n'avait pas d'âge.

Après le départ du couple les choses continuèrent à évoluer. Á l'initiative de la municipalité, on ouvrit bientôt, à quelques mètres au dessus des criques, une paillotte qui, chaque midi, distribuait contre modique rétribution boissons et repas et qui organisait, une fois par mois, des soirées à thème destinées à la communauté homosexuelle masculine. C'était là prétexte à beuveries qui se terminaient la plupart du temps en de véritables orgies. Devant de tels bouleversements les premiers occupants furent bientôt contraints de chercher un autre territoire pour défendre leurs idées et leur philosophie naturiste. Seul Tonio, contre vents et marées, s'efforçait de demeurer fidèle au lieu. Cependant, en signe de protestation, il avait renoncé à ses travaux quotidiens. Il se contentait maintenant de venir s'asseoir à la pointe de l'éperon rocheux pour contempler la mer, le regard définitivement dirigé vers le large.

Au fil du temps, sur les criques, la nature reprenait ses droits : l'ordre des cailloux sur les plages était totalement remis en cause, tout était bouleversé, sur le rivage le sable avait totalement disparu et les algues s'accumulaient par endroits. Leur putréfaction dégageait une odeur immonde. Bref, il était évident que l'endroit courait inexorablement à sa perte.

L'écrivain

Ce jour là, Victor, en homme de l'art, s'imposa d'abord de tout jeter en bloc. Il lui fallait tout poser, tout inscrire, tout mettre sur le papier, se presser de tout écrire. Le style, le sens, il sera toujours temps de voir plus tard, bien plus tard ; il sera toujours temps de nettoyer, d'élaguer, de couper ce qui dépasse, d'ôter ce qui est superflu. La matière lui était nécessaire avant toute chose ; elle devait préexister à sa pensée ; ce n'est qu'à partir d'elle qu'il pourra construire ce qui devra véritablement être dit, ce qui sera digne en définitive d'être raconté. Lorsque ce premier élan sera consigné, il lui sera alors nécessaire d'agir comme un sculpteur ; il lui faudra creuser la brutalité de ce matériau initial pour voir peu à peu l'objet de son discours se dessiner, pour voir les événements de son récit se révéler à ses yeux et donc aux yeux de son lecteur potentiel. Il lui appartiendra de découvrir, à partir de l'intérieur même de cette glaise que constituait l'écriture première, la part qui, en définitive, résistera, contre toute attente, aux efforts insensés que l'homme déploiera pour tout éliminer. En scientifique raisonnable, le philosophe pense puis écrit. L'écrivain, au contraire, se propose de tailler l'écriture en artiste, d'y plonger ses mains afin de la disséquer, la torturer, la retourner, l'inverser, la triturer ; il doit à tout prix éviter de penser, c'est à l'écriture de le faire pour lui.

Quatre murs, une porte. Quatre murs d'un gris très sale, totalement nus, une porte blanche, très blanche, trop blanche. Au centre de la pièce une table et deux chaises. Sur la table trônent une carafe et un verre. Une femme est assise sur l'une des deux chaises. Elle porte une lourde robe de laine beige remontée au dessus de ses genoux. Ses jambes sont légèrement écartées et on peut entrevoir des cuisses musclées. Ses coudes, posés sur le rebord de la table, permettent à sa tête de tenir entre ses mains. Elle ne regarde rien de précis mais, ses yeux, sans expression particulière, sont dirigés vers son sexe. De l'extérieur, des coups résonnent. On frappe trois fois avant qu'elle ne se lève et se dirige vers la porte en traînant les pieds. Elle ouvre. Debout, sur le seuil, sa réplique masculine porte un costume du même lainage. Lorsqu'elle a regagné sa chaise, l'homme prend la peine d'entrer. Il referme soigneusement la porte derrière lui, avance sans soulever les pieds, prend possession de la seconde chaise. Il s'assied lourdement, cale ses coudes sur la table et pose sa tête sur ses mains.

Lorsqu'il en sera à ce stade de l'écriture, lorsqu'il aura dressé le théâtre des événements, Victor se demandera ce qu'il va faire de personnages aussi insignifiants et d'un décor aussi pauvre. Il pourrait certes se lancer dans de longues descriptions. Il pourrait insister par exemple sur les nuances du gris qui recouvre les murs ou sur la construction bien particulière des chaises et de la table. Mais, à ce moment précis, il n'en verra pas l'utilité. De même il aurait la capacité d'obliger les acteurs à agir, à se mouvoir sur cette scène que constituent les pages encore trop blanches de leurs aventures. Mais, dans un premier temps, Victor se contentera d'attendre et surtout d'espérer que les actants trouvent, d'eux-mêmes et en eux-mêmes, une existence qui permettra au récit de prendre corps.

Imperceptiblement, à partir de l'un des angles du plafond dont la teinte plus soutenue aurait dû tout naturellement attirer l'œil de l'observateur consciencieux à tel point que l'écrivain n'a pas jugé utile de le signaler auparavant, une étrange araignée tisse une très longue soie qui lui permet de descendre jusqu'au sol. De là, elle rejoint vivement l'un des pieds de la table dont elle entreprend péniblement l'ascension. Parvenue enfin sur le plateau, elle hésite un instant avant d'entreprendre la traversée de l'immense surface plane qui s'offre alors à elle. Lorsqu'elle passe devant l'homme, celui-ci laisse simplement tomber le plat de sa main. De ce qui semblait être un animal, il ne reste plus à présent que quelques fils d'acier, les minces traces d'un circuit imprimé et deux petites mandibules qui s'agitent encore timidement quelques seconde sur le bois de la table et finissent par s'immobiliser dans un rictus métallique. C'est déjà le septième arachnide que l'homme écrase depuis le matin alors qu'il n'est même pas encore midi. Il le fait sans se réjouir, sans méchanceté, presque machinalement.

Trois jours. Voilà maintenant trois jours que, dans l'appartement, sont apparues ces étranges créatures métalliques. Le tueur s'appelle Victor lui aussi, comme l'écrivain. Mais, il semble beaucoup plus jeune que l'autre. Il est sans doute plus beau aussi. Et surtout, il n'est pas artiste. Son poste de professeur agrégé le met définitivement à l'abri des besoins les plus immédiats. C'est sans doute pour cela qu'Hélène se tient maintenant en face de lui. Sans doute pour cela aussi qu'elle tient à lui. L'autre Victor, le premier, l'artiste, l'écrivain, elle l'a longtemps aimé mais elle l'a quitté. Elle a changé de Victor en quelque sorte. Le second Victor, l'agrégé, est bien plus rassurant et surtout beaucoup plus facile à vivre pour elle. Il ne jette pas comme l'autre les économies du ménage dans des projets inutiles : des éditions à compte d'auteur qui ne rapportent pas un seul centime. Il ne reste pas des heures à se poser des questions qui demeurent sans réponses ou à délirer sur la nécessité d'une anti poésie qui resterait à inventer : une forme d'écriture qui prendrait en compte l'urgence de la mise à mort de l'image pour aboutir enfin à la création pure par le rejet de tous les artifices. Le nouveau Victor, le fonctionnaire, le professeur, l'agrégé préfère quant à lui perdre gentiment la vie qu'il gagne pour emmener Hélène en vacances dans des endroits qu'elle trouve paradisiaques. Il préfère lui offrir des cadeaux devant lesquels elle feint encore de prendre plaisir à s'émerveiller. Il préfère l'inviter au spectacle, au restaurant, dans tous ces lieux où, en femme mondaine qu'elle est, elle ne se lasse jamais de se rendre et d'être vue.

Pourtant, depuis ces derniers temps, très exactement depuis trois jours, depuis l'apparition des araignées, la vie n'est plus aussi simple entre les deux amants. Pour la première fois, Hélène a quelque chose à reprocher au second Victor. Pourquoi, en homme responsable qu'il est ou pour le moins qu'il devrait être, ne s'est-il pas aussitôt décidé à prendre la situation en main ? Pourquoi a-t-il fallu qu'elle se fâche pour qu'il consente à se rendre jusqu'aux bureaux de la mairie afin de signaler à qui de droit l'invasion des indésirables. Il aurait fallu selon elle exiger à tout prix l'intervention immédiate des services sanitaires. Certes, il a fini par le faire. Mais, on l'a prié d'attendre. L'employé n'a pas vraiment cru à son histoire.

À la tombée du jour, ou de la nuit, qui étrangement toujours coïncident, dans une petite chambre située au dernier étage d'un immeuble sordide, le premier Victor, l'artiste, le mari délaissé, vient juste de reprendre son fastidieux travail d'écriture. Il a allumé son ordinateur, ouvert son logiciel de traitement de texte et s'est remis à la confection de ses étranges créatures. De ses doigts habiles, il joue maintenant de la souris et surtout du clavier pour enchaîner les mots, juxtaposer les phrases et fixer ainsi un à un les circuits imprimés, insérer la minuscule bobine de soie synthétique, souder le mince câblage et les frêles pattes qu'il rattache au corps rond par de minuscules charnières, implanter les mâchoires. Une fois ces opérations terminées, il voit sur son écran les bestioles commencer à prendre vie. Il les saisit alors une à une et les jette dans son texte, dans son histoire, dans cette boîte à chaussures qui grouille déjà de la présence des congénères fabriqués la veille. Voilà maintenant plus d'une semaine qu'il se consacre chaque soir à cette minutieuse tâche d'écriture. Lorsqu'il estime que le carton est suffisamment rempli, il prend la souris de l'ordinateur et, de la pointe du curseur, il glisse l'objet et son contenu jusqu'au 64 de la rue Rambuteau où demeure maintenant Hélène et son nouvel amant, le nouveau Victor. Il approche la boîte de la porte cochère et attend longuement avant de se décider à la poser sur le sol. Puis, avec précaution, il entrebâille le couvercle pour laisser sortir ses inventions diaboliques qui glissent directement sous la porte et disparaissent à ses yeux. Seul l'étrange cliquetis de leur démarche lui permet encore de les localiser jusqu'au moment où elles entreprennent de grimper l'escalier. Ensuite, l'auteur perd tout contact avec ses créations maléfiques qu'il pense suffisamment bien conditionnées pour agir au mieux de ses intérêts.

Le plus délicat pour les arachnides est de franchir la première contre marche. Ensuite, lorsque la technique est acquise, l'habitude vient vite. Alors, les petits monstres peuvent allégrement grimper jusqu'au deuxième étage où se situe l'appartement du jeune couple. Les individus les plus hardis sont alors capables de se faufiler directement sous la porte tandis que les plus timides attendent sagement, sous le paillasson ou encore dans une encoignure, qu'on veuille bien leur ouvrir. La patience fait partie de leur point fort. Une fois dans l'appartement, qu'ils finissent toujours par pénétrer, il leur faut se dissimuler et attendre le moment prévu par leur concepteur pour passer à l'offensive.

Dans l'esprit de Victor, du premier Victor, du mari lâchement abandonné, les choses sont particulièrement claires, le projet parfaitement établi et la stratégie qu'il convient de suivre est totalement déterminée. Il s'agit dans un premier temps de faire évoluer ses immondes créatures à travers tout l'appartement afin de créer dans la vie quotidienne du couple de légères perturbations qui finiront par le déstabiliser. L'amant, incapable de trouver une solution au problème posé par l'époux, perdra aux yeux de sa maîtresse de sa superbe et la femme en viendra à souhaiter la disparition d'un homme qui, de toute évidence, ne parvient pas à la protéger. Si cette première attaque n'est pas suffisante, une seconde offensive est envisagée. Elle prévoit l'utilisation des mandibules dont les êtres métalliques sont pourvus. D'abord avec parcimonie : se contenter de quelques morsures et ne les multiplier qu'en cas de nécessité. Puis, si Hélène ne se décide toujours pas à rejoindre le domicile conjugal, la consigne est de profiter de la nuit et du sommeil des deux tourtereaux pour entrer en masse dans la chambre et dévorer l'homme. Dans ce cas extrême, la femme ne devra en aucun cas être touchée. Elle ne devra même pas être réveillée avant l'accomplissement total du forfait.

Installé devant l'écran de son ordinateur, l'auteur de la

machination observe. Il a bien conscience qu'au sein du nouveau couple les relations commencent sérieusement à se dégrader. Aussi hésite-t-il à passer à la seconde phase de l'opération qu'il sait de nature à effrayer Hélène. Il voit bien que celle-ci devient de plus en plus nerveuse et a de plus en plus de mal à comprendre le flegme, qu'elle assimile à une simple passivité, d'un compagnon qui semble accepter avec indifférence la présence des arthropodes. Victor, le premier Victor, décide donc, bien à tort, de faire attendre ses créatures : il est hors de question pour lui d'entamer la seconde offensive, hors de question d'engager la phase des morsures alors qu'il sent son aimée à deux doigts de rompre avec sa nouvelle relation et donc de lui revenir.

Mais, loin de leur géniteur, lassés de trop attendre, les monstres métalliques gagnent en indépendance. Certains commencent à profiter de la nuit pour pénétrer l'intimité des deux amants et se complaire sur les corps endormis. Ils les explorent, les parcourent en tous sens. Puis, avec délicatesse, afin de ne laisser aucune trace, d'aucuns, parmi les plus audacieux, goûtent les chairs sans défense. Celle de l'homme est bien fade mais celle de la femme possède un goût exquis. Au sein de la troupe de bas instincts s'éveillent. Des désirs d'initiatives se multiplient. On conteste l'autorité du créateur : « Pourquoi ne pas profiter de ce qui est offert ? Pourquoi obéir à des ordres stupides qui voudraient que nous nous contentions d'un met insipide alors que sous nos pattes un festin nous attend ? Que ceux d'entre nous qui en doutent aillent goûter la chair féminine !». Bref un esprit de révolte s'étend parmi les combattants. Lorsqu'il s'en aperçoit, Victor, le premier, l'instigateur de la machination, a bien du mal à contrôler la situation. La grande majorité de son armée refuse déjà de se soumettre à ses directives. Devant l'ordinateur, l'homme s'emploie la nuit entière à empêcher les insurgés de passer à l'action. Mais, au petit matin, trop fatigué par tant d'efforts, il finit par s'endormir. Aussitôt, un groupe d'exaltés se jette sur la dormeuse pour la dévorer. Ils sont bientôt rejoints par les plus timorés et la mutinerie devient générale.

Lorsqu'ils s'éveillent, très exactement au même instant, les deux Victor sont seuls. Le second Victor, c'est à dire l'amant, est surpris de ne pas voir sa partenaire étendue à ses côtés, d'autant plus surpris qu'elle ne répond pas à ses appels. Le premier Victor, le mari, lui, a tout compris. Mais, impuissant face à l'écran, il ne peut que constater l'étendue d'une catastrophe qu'il a lui-même provoquée. Victor, le premier, le seul à vrai dire puisque l'autre, le second, n'est que le fruit de son imagination, qu'une simple projection créée par l'écrivain lorsque son épouse lui a suggéré de concourir à l'agrégation, Victor donc, est maintenant et définitivement convaincu : il est hors de question pour lui de permettre au second Victor d'exister et de prendre sa place auprès d'Hélène. La chose est sûre, contrairement aux vœux insistants de sa compagne, il ne tentera pas cette année le concours. Conscient de la menace que pourrait constituer son admission dans le corps des agrégés, il se contentera de continuer à écrire. Qu'importe alors si elle se plaint d'avoir des fins de mois difficiles : il tient trop à elle pour risquer de la voir ainsi disparaître.

Quand onze heures commencèrent de sonner à l'église du village, ensemble, comme guidés par un même réflexe, ils se retournèrent. Il leur était alors possible, au fruit de quelques efforts, de reconnaître encore, émergeant au cœur d'un fatras de toitures aux dominantes rouges, l'unique clocher du village des terres. Il faut dire que, compte tenu de l'altitude qu'ils avaient atteinte, plus rien n'arrêtait véritablement leur regard. Au neuvième coup de cloche, sans même prendre la peine de se consulter, ils résolurent de s'asseoir à même le sol. Sans le vouloir, comme par réflexe, ils se serrèrent l'un contre l'autre sur une large pierre de grès noir. Au loin, la mer et le ciel semblaient se confondre. Plus rien ne venait contrarier cette union bleue floutée que constituait l'horizon si ce n'est le passage inopiné et bruyant de quelques couples de pigeons ramiers levés par l'avant-garde canine de quelques chasseurs armés de fusils dont ils n'avaient cessé de percevoir les détonations lointaines en contrebas.

Ils restèrent là, un long moment, immobiles, plongés dans une sorte de contemplation silencieuse qui leur appartenait, figés dans une sorte d'extase paisible qui, contre toute attente, les unissait. Et lorsque, revenus enfin de leur songe, ils se décidèrent d'un commun accord à reprendre leur marche, ils furent tous deux surpris d'entendre sonner les deux derniers coups de onze heures ; tous deux trouvèrent le phénomène bien étrange mais, ils se gardèrent bien d'en parler. Tout s'était passé comme si cette expérience commune, et néanmoins singulière, qu'ils venaient de vivre ce jour là, avait pu échapper aux lois intangibles du temps et avait, par voie de conséquence, perdu toute dimension humaine.

Ce matin là, ils avaient entrepris de faire le tour de la Montagne. Elle, compte tenu de son inexpérience en ce domaine, s'en était totalement remise à l'homme en ce qui concerne le choix de l'itinéraire. Lui, percevant le manque de pratique de son interlocutrice en matière de randonnée, avait décidé d'entamer la montée par le versant oriental et le retour par l'ouest afin de profiter au maximum, en ce début d'hiver, de la douceur que leur apporteraient les rayons du soleil tout au long du parcours. Mais pour l'heure, il ne voyait plus que le petit cul de cette femme qui se balançait gentiment devant lui.

Il l'avait rencontrée dans le petit bar dont il avait fait, dès son arrivée au village des terres, son quartier général. Elle était débarquée de bon matin en faisant grand bruit dans sa voiture rouge et noire, une Opel Kadett rallye dix neuf cents, qu'elle avait eu beaucoup de mal à garer. Elle était entrée bruyamment dans l'établissement. Il faut dire qu'elle n'en finissait pas de pester contre ces enfoirés d'autochtones qui, de manière systématique et au simple titre qu'ils étaient chez eux et n'avaient en conséquence de compte à rendre à personne et encore moins aux étrangers, se refusaient à respecter les marquages au sol destinés à délimiter les places de stationnement. Il était encore attablé devant les restes de son petit déjeuner.

Sans la moindre hésitation elle s'était dirigée vers lui, l'avait salué d'un bonjour lapidaire et, après qu'elle eut observé méticuleusement son accoutrement de marcheur, avec un petit sourire plus que narquois, elle lui avait demandé :

- Vous voulez bien m'aider ? Vous devez connaître les alentours je suppose ? Je suis en vacances et je cherche une petite balade sympa à faire dans les environs. Vous pourriez peut-être me conseiller ?

Il avait hésité un temps. Mais, finalement, devant le charme indéniable de la jeune femme, il lui avait proposé, si elle en était d'accord, de l'accompagner. Le plus sage dans un premier temps serait de faire le tour de la Montagne.

Il avait donc consenti à lui donner rendez vous pour le lendemain matin, à 9 heures précises, en lui stipulant qu'avec cette chaleur inhabituelle pour cette fin de décembre elle devait certes s'habiller légèrement mais prévoir de bonnes chaussures de marche et une veste bien chaude au cas où plus haut, sur le versant nord, le temps viendrait à changer.

Elle revint le lendemain à l'heure dite. Ne trouvant pas aisément une place où parquer son véhicule, elle s'emporta à nouveau contre les autochtones. En bonne élève qu'elle était, elle avait suivi scrupuleusement les instructions que le maître lui avait données la veille : les chaussures de marche étaient soigneusement lacées à ses pieds et la veste doublée occupait le fond du sac à dos qu'elle tenait haut perché sur ses épaules. Pour le reste son habillement était des plus légers. Son petit short noir qui montait jusqu'à sa taille, qu'en l'occurrence elle avait des plus fines, lui moulait exagérément le postérieur et laissait voir, à chaque pas, la naissance de jolies petites fesses bien rebondies. Son petit débardeur à larges fleurs rouges et jaunes, trop court, ne parvenait pas à cacher, au dessus de la ceinture, une étroite bande de peau d'une blancheur attendrissante. Le spectacle de ce dos presque parfait, encore embelli par l'effort qu'elle devait produire à chacune de ses enjambées, n'était pas sans résultat sur l'homme dont le sexe, inexorablement, ne cessait de gonfler. En outre, il faut bien reconnaître que la belle, bien qu'elle fût toute occupée à sa tâche, n'en était pas moins consciente de l'effet qu'elle produisait sur son compagnon de marche et, en venait par voie de conséquence à exagérer volontairement ses déhanchements.

Lorsqu'ils arrivèrent enfin au point le plus haut de leur itinéraire situé près de la fontaine de la face nord, cette « Font de la Solsida » distante de quelques centaines de mètres du col du « Pouet », la femme s'arrêta brusquement. Elle prit le temps de se retourner lentement. Elle baissa les yeux et caressa de son regard ce renflement qui se dessinait entre les jambes de l'homme et qu'il n'était plus question, de toute évidence, de vouloir ni même de pouvoir dissimuler. Elle décrocha alors en direction de son guide un grand sourire malicieux, presque enfantin. Puis, elle posa délicatement une main supposée innocente sur la protubérance avant d'appuyer, tout doucement :

- Eh bien, mon cochon, je te fais de l'effet on dirait ?

Encouragé par ces mots, il voulut l'embrasser, chercha désespérément ses lèvres. Mais, elle se dégagea en riant aux éclats. Puis, elle redevint étrangement sérieuse. Manifestement, elle tenait à contrôler la situation :

- Montre-moi ! Je veux voir !... Montre-moi ton sexe !

L'homme, excité, ouvrit la ceinture de son pantalon et en fit glisser la fermeture éclair. L'effet que la jeune femme avait sur lui était indéniable. Celle-ci recula de quelques pas et planta alors un regard glacé dans les yeux de celui qui était devenu le complice de son jeu:

- Branle-toi. Fais-le pour moi. Ça m'excite.

Un moment gêné, il hésita. Puis, pressé par le regard insistant de sa partenaire, il finit, presque malgré lui, par s'exécuter.

Elle prenait un plaisir évident à le regarder opérer. Lorsqu'enfin il éjacula, elle se détendit subitement, vint poser délicatement sa main gauche sur les testicules de l'homme qu'elle pressa légèrement avant de passer l'index de sa main droite sur l'extrémité de la verge d'où suintaient encore quelques gouttes de sperme. Elle porta le doigt à sa bouche et savoura l'épais liquide. Puis, de nouveau, elle afficha un air ingénu :

- On y va ?

Sans même attendre la réponse de son compagnon, la femme avait entamé la descente vers le col du « Pouet » tandis que celui-ci peinait encore à rajuster son pantalon. Mais l'homme fut surpris lorsqu'au sortir du sentier, en arrivant au niveau du col, il la vit tourner sans la moindre hésitation sur le grand chemin : « Comment diable pouvait-elle savoir qu'il fallait prendre à droite ? ». Il n'osa pas le lui demander.

Lorsqu'ils eurent dépassé le refuge « José Manuel » elle fut émerveillée par l'étrange spectacle qui s'offrait à leurs yeux. Quelques semaines auparavant un incendie d'origine criminelle mal contrôlé, probablement commandité par quelques promoteurs de la vallée, avait ravagé une grande partie du flanc ouest de la montagne. Il ne restait plus aucune trace de vie animale. Pas même d'insectes. La végétation basse avait totalement disparu du lieu. Et, des arbres, naguère majestueux, il ne restait plus que de maigres phantasmes : sentinelles noircies posées sur une nappe de cendre argentée qui se soulevait à chacun de leurs pas. Le silence qui régnait sur le lieu était impressionnant. Un silence total. Sans le moindre souffle. Un silence de mort : lourd, dense, compact. Elle aurait souhaité ralentir le rythme da la marche pour profiter au maximum de la beauté que lui offrait ce paysage insolite mais son compagnon de route ne l'entendait pas ainsi. Il prit la tête et força l'allure pour échapper à cet endroit dont, au fond de lui, il percevait toute la charge maléfique. En arrivant aux abords du village, la jeune femme lui confia être enchantée de l'excursion et lui proposa, avant qu'ils ne se séparent, d'aller prendre un dernier verre dans ce petit bar où ils avaient fait connaissance la veille. Malgré les longues heures de marche et sa faible constitution apparente, elle ne semblait nullement fatiguée. Les deux chopes de bière pression étaient posées sur la table. Ils y plongèrent leurs lèvres.

Lorsqu'il se dirigea vers les toilettes il n'eut pas vraiment conscience qu'elle lui avait emboîté le pas. Il entra dans une pièce entièrement carrelée de blanc, ornée de deux urinoirs et de trois lavabos, deux petites portes entrebâillées donnaient accès aux cuvettes. Il entendit la porte principale claquer derrière lui. Il se retourna. Elle était là, le regard implacable et le dos appuyé sur le battant :

- Déshabille-toi !, lui lança-t-elle.
- Tu es folle ! Quelqu'un pourrait venir.

- Déshabille-toi vite ! Tu ne risques rien. Tu vois bien que je bloque l'accès.

Il aurait voulu résister, lui dire non, mais l'attitude de la femme était tel qu'il ne pouvait s'opposer à ses volontés. Il n'était plus qu'une marionnette, un simple pantin guidé par le seul regard de sa manipulatrice. Lorsqu'il fut totalement nu, elle avança légèrement afin que ses épaules n'empêchent plus l'ouverture de la porte. Maintenant les clients éventuels de l'établissement pouvaient entrer à tout moment. Elle expliqua :

- J'adore le risque ; ça m'excite. J'aime te regarder. J'aime ton sexe. Caresse-toi encore.

Il ferma les yeux et s'exécuta, lentement. Il ne les rouvrit qu'à l'instant où il sentit son corps pris de convulsions. Il venait à nouveau d'éjaculer. Au même instant il entendit le claquement d'une porte qu'on referme. Il put alors constater que la femme avait disparu de la pièce. Il n'y avait plus personne avec lui. Pris de panique il traina du pied ses vêtements jusqu'à l'ouverture qu'il bloqua de son dos. Il se rhabilla précipitamment et alla chercher un morceau de papier toilette pour effacer sur le sol les traces de sa masturbation. Il jeta l'aveu gluant de son délit dans une cuvette et tira précipitamment la chasse d'eau. Par chance personne n'était rentré. Dans le bar, nulle présence féminine hormis celle de la tenancière, plantée derrière son bar. À l'extérieur de l'établissement, personne. Et, sur le parking, l'Opel Kadett rallye rouge et noire dix neuf cents avait disparu. Seules demeuraient sur la table les deux bocks de bières : elles constituaient à elles seules la preuve qu'il n'avait rien rêvé.

Henri roula deux kilomètres avant de s'arrêter derrière un

petit bosquet pour se changer. Il retira son short noir et son débardeur à larges fleurs rouges et jaunes pour enfiler son vieux survêtement. Il conserva néanmoins aux pieds ses chaussures de marche. Ensuite il roula jusqu'à la station service où il prit soin de passer l'Opel au jet : elle devait quant à elle ne garder aucun souvenir de cette histoire.

Comme les sons qui lui parvenaient depuis l'intérieur de l'appartement semblaient l'assurer d'une présence, le préposé de la Poste se crut autorisé à insister lourdement sur la sonnette. Il en était certain, dedans, quelqu'un ou quelqu'une passait l'aspirateur. Á force de patience, la porte finit par s'entrebâiller. Dans l'embrasure, le visage puis le corps d'une femme apparurent et l'employé put enfin, conformément à l'obligation qui lui était faite, et contre signature, remettre le pli en main propre à sa destinataire légitime.

Quelle ne fut pas la surprise d'Hélène lorsque, au vu de l'affranchissement, elle se rendit compte qu'elle tenait entre ses mains une lettre recommandée tout juste arrivée d'Espagne. Elle fut si inquiète qu'elle n'osa pas ouvrir l'enveloppe. Il valait mieux attendre le retour de Victor qu'elle savait prochain. Lâchement, elle le chargerait de cette tâche qui lui semblait à bien des égards angoissante.

Quel était donc cet étrange courrier venu d'Espagne ? Elle ne comprenait pas. Il convient de préciser à sa décharge qu'elle ne connaissait personne en ce pays. Elle n'y avait même jamais mis les pieds. Alors, comment aurait-elle pu expliquer l'arrivée de ce pli officiel soi-disant urgent ? Pourtant c'était bien à elle, à elle seule que cette dépêche était destinée. Elle en avait la preuve irréfutable : le courrier lui était adressé sous son nom de jeune fille.

Malgré toute l'application qu'elle s'efforçait de déployer pour se détacher de l'événement, pour le mettre à distance, elle ne parvenait pas à quitter des yeux la mystérieuse missive. Elle regardait fixement l'étrange enveloppe posée là, au centre de la table, juste devant elle. Elle demeurait tétanisée. Elle se sentait incapable d'agir. Incapable de tout mouvement. En cet instant précis, c'est un mauvais pressentiment qui l'envahissait. Au fond d'elle-même, elle en était quasiment certaine : cette lettre contenait une mauvaise nouvelle.

À son retour, Victor, tout autant qu'Hélène, fut impressionné par la nature trop officielle de la missive. Certes, il était impatient de découvrir la teneur du message cependant, il ne comptait en rien changer ses habitudes. Aussi prit-il le temps et la peine d'aller chercher son coupe-papier pour fendre soigneusement, la frange supérieure de l'enveloppe. Puis, il sortit avec la précaution d'usage le feuillet qui se trouvait à l'intérieur. Il le déplia délicatement et le consulta sans même penser à adresser le moindre mot à sa compagne. De toute évidence, il était surpris par ce qu'il était en train de lire, mais il n'en était pas moins rassuré. Il tendit le document à son épouse. Mais, celle-ci, de plus en plus inquiète, prit à peine le temps d'y jeter un coup d'œil :

- Qu'est-ce que ça veut dire tout ça ? Traduis-moi. Tu vois bien que c'est en espagnol. Tu sais bien que je n'y comprends rien.

Sans même prendre le soin de relire le texte, Victor lui expliqua alors, de la manière la plus sereine qu'il put, que le message évoquait l'existence d'un héritage laissé par un inconnu, un certain Fernando, dans un petit village du pays valencien espagnol. Dans le document en question, il était énoncé qu'Hélène devait dans les plus brefs délais prendre contact avec l'expéditeur de la missive, un notaire d'Alicante en Espagne. Celui-ci se chargerait de lui préciser de vive voix la nature et les raisons précises de ce legs qui aux yeux de la jeune femme devait apparaître à bien des égards comme inattendu.

Dans les heures qui suivirent, Victor prit les choses en main. Il se chargea de prendre un rendez-vous par téléphone avec l'autorité juridique en question et planifia le départ. Trois jours plus tard, les deux époux montèrent en voiture pour descendre jusqu'à Alicante.

C'est ainsi que, dans la petite étude d'un notaire de la communauté valencienne, et par la voix mal assurée d'un interprète notoirement assermenté qui se contentait de traduire avec plus ou moins de bonheur les dires de l'homme de loi sans tenir compte du fait que Victor maîtrisait sans doute mieux la langue de Cervantès que lui celle de Molière, Hélène apprit, non sans avoir précédemment reçu les condoléances d'usage, qu'elle n'était en réalité que le fruit d'un adultère. Elle était la fille unique d'un réfugié politique espagnol que la peur des représailles avait conduit en France dès le début de la dictature franquiste. L'individu en question n'avait pour seul tort que d'avoir lié, dans les années trente, quelques amitiés avec des membres du parti communiste de Madrid ; ce qui aux yeux de l'autorité dictatoriale de l'époque constituait un crime inqualifiable. En conséquence, persécuté par les différentes milices franquistes, il avait été contraint en 1939, après la victoire définitive des droites, de fuir sa terre natale pour arriver tant bien que mal, au hasard de sa fuite, jusqu'au bout de la Normandie. Après avoir résidé quelques temps dans cette région oubliée de la France, où il avait connu et séduit la mère d'Hélène, il avait fait le nécessaire pour rejoindre clandestinement son pays afin d'échapper au « Service du Travail Obligatoire » imposé aux gens de son rang par l'occupant allemand. Il put le faire grâce à des relations bien placées qui n'avaient rien à voir, il faut bien le dire, avec ses anciennes accointances marxistes. Et, tout naturellement, c'est sous une fausse identité qu'il attendit sagement dans un petit village les mesures d'amnistie qui précédèrent la mort du « caudillo ».

C'est dans ce petit village, le village des terres, qu'il avait appris, par un dernier courrier que lui avait adressé son ancienne maîtresse, l'existence de leur fille. Il n'eut jamais le courage ou l'envie de revenir en France pour faire la connaissance d'abord de la fillette puis plus tard de la femme qu'elle était devenue. Pour lui, tout cela faisait partie d'une histoire ancienne, bien trop ancienne à son goût. Et, durant tous ces temps pour lui à jamais troublés, il lui fallait à tout prix s'efforcer d'effacer le passé. Ce passé, il l'oublia presque totalement jusqu'au moment où la mort le rattrapa. Au moment de partir pour ce que tout un chacun considère comme l'ultime voyage, l'ultime traversée, il voulait réparer, dans la mesure du possible, dans la mesure de ses faibles moyens pensait-il, les désagréments qu'il était convaincu d'avoir causé à son unique enfant. En plus de sa maison située dans le village des terres, Fernando laissait à la jeune femme un généreux compte en banque dont le solde avait été habilement placé et qui, en conséquence, devait mettre l'héritière à l'abri du besoin, et cela, d'une manière définitive.

Dans la petite étude notariale d'Alicante, Hélène ne fut pas vraiment triste d'apprendre la mort de celui qu'on lui présentait comme étant son géniteur. Après tout, elle n'avait pas connu cet homme et sa tendresse naturelle demeurait à tout jamais pour celui qu'elle considérait comme son véritable père, celui qui, contre tous les aléas de la vie, avait pris le temps et la peine de l'élever. Celui à qui elle avait offert ses premiers pas et avec lequel elle avait jugé essentiel et nécessaire de partager ses premiers jeux, ses premières peurs, ses premières joies, ses premières confidences, ses premiers tourments. Cet homme auquel elle était tant attachée, plus qu'à sa mère sans doute, avait-il jamais su au moins qu'il n'était pas son procréateur, qu'elle n'était pas sa fille ? Le mensonge maternel était-il allé si loin ? Décidément, elle éprouvait une grande peine à son égard et se sentait bien incapable de chagrin envers cet inconnu qui, tout à coup, prétendait usurper une place qui à tous égards ne lui revenait pas.

Néanmoins, sans qu'elle comprît vraiment pourquoi, une certaine anxiété l'avait envahie : non seulement, elle était impatiente de connaître l'endroit où son géniteur, ce Fernando, avait décidé de finir sa vie. Mais, surtout, elle avait hâte de retrouver les traces de l'homme que sa mère avait aimé en secret et dont elle n'avait jamais osé lui parler, pas même sur son lit de mort.

En conséquence, une fois les nombreuses formalités accomplies auprès des différentes administrations de Valence et d'Alicante afin de mener à bien les démarches liées aux droits de succession, ce qui en ce pays n'était pas une mince affaire, elle décida d'abandonner Victor dans un hôtel du village de la côte pour se rendre seule au village des terres. Elle tenait à profiter sans aucun témoin d'un passé qu'elle n'avait pas connu et qui cependant était sien, et uniquement sien. Victor comprit ce besoin. Il concevait aisément que, compte tenu des circonstances, et, sans en avoir vraiment conscience, Hélène eût pu craindre en réalité de se voir submergée par des sentiments insoupçonnés qu'elle aurait été incapable de contrôler et dont les autres auraient été les spectateurs involontaires, embarrassants, voire même embarrassés. Cependant, au cimetière, devant la tombe de l'inconnu, malgré ce qu'au fond elle redoutait, elle ne ressentit aucune émotion particulière.

C'est ainsi que, le plus naturellement du monde, le village des terres devint au fil du temps l'unique destination de vacances du couple. Il faut dire que l'endroit était charmant et que, tous deux, pour des raisons différentes, s'y plaisaient : elle aimait la proximité de la mer, lui était fasciné par la présence de la Montagne.

Contrairement à des habitudes ancestrales qui les conduisaient à se méfier de tout ce qui pouvait arriver de l'étranger et plus particulièrement de France, la plupart des gens du village des terres avait accueilli Hélène avec une certaine bienveillance, voire même pour quelques uns avec une évidente sympathie. Il faut dire à cet égard que la plupart d'entre eux la considéraient presque comme une enfant du village. Certes, sa mère était française et son père madrilène, mais, même ici, au village des terres, nul n'était parfait. Alors, pensez donc ! Il en est même certains qui allaient jusqu'à considérer que la naissance d'Hélène à l'étranger, dans cette contrée lointaine située par delà les Pyrénées, ne constituait en réalité qu'un accident, une conséquence malheureuse, une de plus, une de trop, de cette guerre civile qui avait trop longtemps non seulement déchiré le pays tout entier mais aussi broyé des familles parmi le voisinage. Après tout, elle était la fille naturelle de Fernando, cet homme dont les actes passés méritaient à juste titre l'admiration des petits et dont les fautes anciennes avaient été largement

pardonnées par la puissance des notables.
Il n'empêche que ces mêmes personnes, fussent-elles importants ou négligeables, trouvaient le mari d'Hélène, ce Victor, quelque peu étrange. Elles ne comprenaient pas, entre autre chose, qu'un homme, qui maîtrisait parfaitement le castillan et qui était intelligent de surcroît, ne prît pas la peine à se mettre plus rapidement à la langue locale, le valencien qu'il avait l'outrecuidance de considérer comme un simple patois du catalan. À leurs yeux, il n'était pas concevable d'être aussi obtus. Mais, après tout, c'est la petite qui l'avait choisi. C'est elle qui avait décidé de faire vie commune avec lui. Alors, elles n'avaient rien à dire. Ici, les affaires de couple : ça ne se discute pas. Elles accepteraient donc de le saluer. Certaines volontiers, d'autres à contre cœur. Pour elles, les choses s'arrêteraient là. Il faut bien avouer que leur comportement sur ce point était de nature à satisfaire amplement Victor.

Bien que la maison du village des terres fût plutôt petite, elle était finalement très agréable à vivre. Elle se situait dans la partie basse du village qui constituait en réalité l'ancien quartier gitan. Elle était constituée d'une façade étroite de trois étages que surplombait une large terrasse. Cette terrasse était sans nul doute l'endroit préféré de Victor. C'est là qu'il aimait se retirer de longues heures avant de se mettre à son travail d'écriture. C'est là aussi qu'il se réfugiait lorsque qu'il considérait être parvenu au terme de son labeur journalier. Il faut dire que, non seulement cette terrasse s'ouvrait largement sur la mer située à quelques kilomètres en contrebas pour le plaisir d'Hélène mais encore, à la satisfaction de Victor, offrait-elle sur l'arrière une vue extraordinaire sur la Montagne. Lorsque Victor, atteint par la limite d'âge, sera d'office mis en retrait du poste qu'il occupe à l'éducation nationale :

c'est là que le couple s'installera. C'est là que, selon Hélène, l'homme jouira enfin de la tranquillité nécessaire à l'explosion de son inspiration.

Bien que maintenant il se sentît vieux, vraiment très vieux, sans doute trop vieux, Gaston, dans la seule intention de ne pas décevoir Ginette, sa compagne, avait décidé de ne rien changer aux habitudes estivales du couple qui lui faisaient chaque année quitter sa triste banlieue parisienne pour le conduire sur les bords de cette mer méditerranée que, naguère, l'homme avait tant aimée. Pourtant, cet époux modèle qu'au fil du temps il était devenu savait bien que, pour lui, là-bas, rien n'allait plus être comme avant. Il avait en effet constaté que, depuis quelque temps, il avait de plus en plus de mal à se concentrer sur ses activités, de plus en plus de difficultés à échapper à la confusion de ses idées et que tout effort physique, fut-il minime, lui devenait, peu à peu, de plus en plus pénible.

Une fois sur place, dans le village des terres, Ginette, conseilla à son mari, pour son bien assurait-elle, de conserver une discipline qui devait le conduire chaque jour, à petits pas traînés, de l'ancien atelier de Carla, transformé en lieu d'habitation, jusqu'à la boulangerie la plus proche située à moins de trois cents mètres, pour acheter, selon les envies du jour, la baguette matinale ou les croissants. Les voisins n'apercevaient alors plus que l'ombre de celui qu'ils avaient pris coutume de voir passer les étés précédents.

Lorsque l'un d'eux, Victor, pris de compassion, sortit sur le pas de la porte pour s'inquiéter de sa santé, Gaston répondit que l'âge seul était responsable de ses malheurs et que, pour lui, c'en était déjà fini. Il était selon lui temps de laisser la place aux générations futures.

La profession de médecin généraliste qu'il avait exercée pendant tant d'années lui permettait d'être conscient d'un état auquel il avait déjà plusieurs fois envisagé de mettre un terme. Il en parlait régulièrement à son épouse lorsque celle-ci, prétendant agir alors dans son seul intérêt, se montrait un peu trop exigeante envers lui. Il n'avait d'ailleurs pas manqué de constater que l'utilisation de ce genre de discours la rendait beaucoup plus conciliante et beaucoup plus apte à supporter ses faiblesses et ses défaillances répétées dont il faisait preuve de plus en plus fréquemment ; et, bien que cela lui occasionnât toujours quelques remords, il avait, il faut bien le dire, pris l'habitude d'en abuser.

Lorsque les dernières semaines du mois d'août arrivèrent, commencèrent alors au village des terres les fameuses fêtes patronales. Le premier jour les villageois sortaient le « Christ Crucifié » de sa chapelle située sur le belvédère pour le conduire jusqu'à l'église Saint Barthélemy où il rejoignait le « Saint Patron ». Le lendemain, dès les premières lueurs de l'aube, les fanfares parcouraient bruyamment toutes les rues pour guider les habitants jusqu'aux divers lieux de réjouissance. Et même si au fil de la journée les sons et les rythmes devenaient de moins en moins précis, chaque intervenant mettait un point d'honneur à souffler ou à frapper afin de donner vie à son instrument jusqu'à une heure avancée de la nuit, et ceci cinq jours durant. Tout au long de cette orgie plus sonore que musicale, étaient organisées toutes sortes de divertissements dont la principale fonction était de goinfrer et surtout d'enivrer les participants à tel point que ces derniers accueillaient parfois avec bonne humeur, souvent dans la plus grande indifférence mais toujours sans s'offusquer de gros pétards qui prenaient un malin plaisir à exploser entre leurs jambes.

Malgré l'état de fatigue engendré par le manque de sommeil, tous les jours, aux heures les plus chaudes, Ginette et Gaston n'en continuaient pas moins à sauter dans la petite voiture de location pour descendre du village des terres jusqu'au village de la côte. Une seule différence : maintenant, c'était la femme qui tenait le volant. Le couple rejoignait ainsi sur la plage leur bande d'amis fidèles bruyamment installés près de la sirène bicolore plantée à même le sable.

Là, la plupart d'entre eux se gavaient outrageusement de bains de mer et enduraient, grâce à l'aide répétée de multiples couches d'une crème protectrice dont l'indice variait en fonction du récepteur, les ardeurs excessives d'un soleil qui, patiemment, n'en renonçait pas pour autant à endommager de manière définitive leur derme et leur épiderme. Lorsqu'ils s'autorisaient un rare passage à l'ombre, ce n'était que pour avaler bien vite, assis sous un parasol, un plat unique dans le petit bar, situé à une centaine de mètres de l'autre coté de la promenade qui longeait le rivage et dont la terrasse du premier étage ouvrait largement, pour le plus grand plaisir des convives, sur le large.

Pour Gaston, cette pause aurait pu être quotidienne si le patron de l'établissement, un homme par ailleurs très sympathique, n'avait eu chaque vendredi l'idée stupide, en bon chrétien qu'il était et qu'il s'entêtait à demeurer, de n'offrir à ses clients rien d'autre que des plats élaborés uniquement à base de produits de la mer. Or le vieillard, foncièrement agnostique, et par ailleurs aux préférences carnassières, avait particulièrement horreur du poisson.

Ce vendredi là, Gaston, contrairement aux habitudes, n'avait pas ressenti l'envie d'une amicale compagnie. Il en avait fait part à Ginette et avait obtenu d'elle qu'exceptionnellement elle aussi renonce à la présence de ses compagnons de plage. Ils s'étaient donc installés, tous les deux, loin de la sirène, près d'un lutin rouge et vert. À l'heure du repas, l'homme choisit, comme tous les vendredis, de rester sur le sable. Sa compagne quant à elle partirait seule pour rejoindre ses amis afin de s'attaquer avec eux à quelques écailles et s'efforcer de sucer quelques arêtes. D'un naturel gourmand, l'époux comptait bien compenser ce manque grâce au repas du soir qu'il envisageait des plus copieux.

Seul, il attendit, les yeux posés dans le vague, comme s'il observait quelque chose qui se serait situé au-delà de tout, bien plus loin que cette réalité qu'accidentellement il était encore amené à côtoyer. Il s'inquiéta, d'abord un peu, puis beaucoup, jusqu'au retour de Ginette qui, insouciante, ne le rejoignit qu'une heure plus tard. Alors, de nouveau, pour lui, tout rentra dans l'ordre. Il se rendait compte qu'il ne pouvait se passer de la présence de son épouse. Il lui en fit part. Celle-ci, voulant se justifier, lui expliqua qu'elle avait longuement discuté avec Sebastián sur les qualités toutes relatives d'un petit blanc, un chardonnay, que le patron leur avait conseillé pour accompagner leur calamar farci. Leurs avis divergeaient en tout. À tel point qu'ils n'avaient même pas pu se mettre d'accord quant à la nature des flaveurs de leur breuvage. Carla quant à elle, fidèle à elle-même, avait allégrement profité de la polémique de ses compagnons de table pour vider toute la bouteille. Ce Sebastián et cette Carla devenaient vraiment impossibles.

Mais la nature, pour généreuse qu'elle soit, n'en conserve pas moins certaines exigences. La vessie de Gaston, qui n'avait pu être soulagée dans l'estaminet, continuait inexorablement de se remplir au point qu'il fallut bientôt trouver une solution que l'on envisagea d'abord rapide avant qu'elle ne devienne urgente. L'épanchement en plein air était totalement impossible compte tenu de la densité de la population qui fréquentait les lieux. Ginette proposa donc, en toute logique, un repli stratégique sur le restaurant ami. Mais, Gaston s'en offusqua : il jugeait la situation peu digne pour quelqu'un qui avait refusé, comme lui, quelques heures auparavant, au nom de principes non strictement mais essentiellement gustatifs, de pénétrer dans l'établissement. En définitive, une seule solution se présentait : face à eux, l'immense étendue bleue, hérissée de crêtes blanches, apparaissait comme une gigantesque chasse d'eau capable de diluer les excréments de toute l'humanité. Alors, pourquoi, ne pas en profiter ?

Gaston, qui avait été naguère un excellent nageur, n'eut pas trop de mal, malgré son âge et son nouvel état, à s'éloigner de la côte. De même, une fois ses besoins accomplis, il n'éprouva que peu de difficulté pour revenir rapidement vers le rivage. Mais, tout se compliqua lorsqu'il voulut reprendre pied sur le sable. Il eut alors la désagréable sensation que les éléments se dérobaient sous ses pieds mal assurés et fit à ses dépens, sans vraiment en prendre conscience, une expérience concrète : les courants et les vents de la veille avaient orné la plage de trous et de bosses qui compromettaient fortement chacune de ses tentatives destinée à retrouver une position d'équilibre. Fatigué par les efforts qu'il s'efforçait d'accomplir, il se laissa tomber doucement sur ses genoux. Il ne pouvait se relever pas plus qu'il ne parvenait à maintenir sa bouche hors de l'eau. Il aurait certes pu reprendre quelque peu sa nage afin de trouver un endroit plus propice à ses tentatives ou tenter en se débattant de solliciter l'aide des baigneurs qui l'entouraient mais, il n'en éprouvait pas l'envie. Il avait une sensation de brûlure intense au niveau de la tête et du thorax alors que ses membres étaient lourds et glacés. Ses tempes martelaient étrangement. Malgré cela il se sentait bien, tranquille, presque rassuré. Aussi, se laissa-t-il doucement glisser vers l'avant. Puis il choisit d'attendre calmement.

Sa femme, qui, assise sur sa serviette, avait assisté de loin à toute la scène, tenta en vain d'ameuter la foule qui l'entourait avant de se précipiter jusqu'à l'eau. Tant les touristes que les autochtones demeuraient interdits et elle comprit vite qu'elle ne pourrait compter sur une aide massive et généreuse de ses congénères. En définitive, seule une jeune baigneuse répondit à ses appels. Ensemble, les deux femmes parvinrent à traîner le corps du vieillard jusqu'aux pieds des secouristes qui, tout occupés à placer leur charme auprès d'une jeune et jolie rousse, n'avaient rien suivi des événements. Lorsqu'elles voulurent coucher le noyé sur le côté, afin qu'il puisse évacuer le liquide avalé, le maître nageur, enfin conscient de la situation, intervint pour les écarter sans le moindre ménagement et remettre le malheureux sur le dos. Gaston, qui avait déjà sauvé bien des vies, constata silencieusement l'incohérence d'une telle pratique. Et, bien que n'en n'ayant plus la force, il eut franchement envie de rire lorsqu'il sentit le sauveteur en chef entreprendre un massage cardiaque sur le côté droit de son thorax. À partir de ce moment, tout s'obscurcit et tendrement il lâcha prise. Autour de lui le monde commençait de s'agiter. Ginette hurlait en protestant sur l'incapacité des secours. Chacun des vacanciers présents avait une théorie propre qu'il tenait à exposer dans les plus grands détails, privant ainsi le mourant du peu d'oxygène qu'il lui aurait encore été possible d'absorber. Quant aux professionnels de l'aide aux noyés, ils se relayaient consciencieusement et pressaient la moitié droite de la cage thoracique sans qu'aucun d'eux ne mesurât l'ampleur de leur bévue.

Le temps s'écoulait et lorsqu'enfin les occupants de la plage purent d'abord entendre la sirène puis apercevoir les lumières bleutées de l'ambulance, Gaston n'était plus de ce monde. Il était déjà passé de l'autre côté. Peut-être se sentait-il à nouveau tout jeune ?
Le lendemain, le samedi, on pouvait lire ce simple entrefilet parut dans le journal local :

«Un vacancier de soixante-dix-neuf ans, résidant dans le village des terres, a succombé hier d'un arrêt cardiorespiratoire alors qu'il se baignait sur l'une des plages du village de la côte. Les faits sont survenus aux heures les plus chaudes de l'après midi. Le baigneur a bénéficié de l'assistance des secouristes qui, bien qu'ayant comme à l'accoutumée redoublé d'efforts, ne sont malheureusement pas parvenus pas à ranimer la victime et n'ont pu que constater la noyade. Un certificat de décès a été délivré.»

Le dimanche, jour de la Saint Barthélemy, dans le village des terres, pour clore les festivités, alors que les cloches sonnaient à toute volée, on prenait la peine de promener le « Christ crucifié » ainsi que le « Saint Patron ». Ce dernier était porté à dos d'hommes à travers tout le village. Il était escorté d'une haie de fidèles chargée de lui rendre une dernière fois les honneurs d'usage en laissant couler sur la chaussée la cire brûlante de leurs cierges purificateurs. On le ramenait ainsi, à grands coups de pistons et de baguettes jusqu'à son église. Le « Christ » quant à lui était reconduit jusqu'à sa chapelle. Tous deux allaient demeurer dans leur lieu respectif jusqu'à l'année suivante.

L'inauguration

Sur le programme qui leur avait été remis la veille à l'office du tourisme il était inscrit que l'inauguration du « monument à la musique » aurait lieu le 3 août à 21 heures précises. Sachant qu'en cet endroit les choses et les gens prennent nécessairement du retard, Victor et Hélène quittèrent leur maison quelque temps après l'heure dite et empruntèrent un imbroglio de ruelles étroites avec l'intention de traverser tout le village des terres pour se rendre jusqu'au belvédère : lieu officiel des réjouissances. Alors qu'il passait près de la mairie, le couple, que le charme de la soirée rendait particulièrement amoureux, constata que la fanfare municipale, déjà bien émoussée, pour ne pas dire éméchée, par les gobelets de bière qui circulaient de main en main, n'en finissait pas de prolonger sa répétition : sans doute les musiciens devaient-il attendre la venue des officiels, encore attardés autour d'un breuvage plus noble et de quelques petits fours. Aussi, les deux époux choisirent-ils de patienter eux aussi. Et, profitant de la douceur crépusculaire, assis l'un contre l'autre sur l'un des bancs de la petite place situés à proximité de l'hôtel de ville, ils allaient laisser au cortège le temps de se constituer définitivement.

Ainsi, nos deux complices occupaient-ils les premières loges lorsque la procession finit par se mettre en marche. Ils purent d'abord voir avancer fièrement devant eux les personnalités locales guidées par le maire en personne. Elles étaient revêtues pour l'occasion de leurs plus beaux atours, et étaient accompagnées de quelques allochtones qu'il leur était pour l'heure difficile à identifier. Puis, à distance respectable, afin de ne pas gêner les éventuelles conversations qui auraient pu s'initier parmi ce beau monde, passa la fanfare, tout occupée à frapper du tambour et à pousser du piston. Enfin suivirent quelques badauds dont l'état d'ébriété avancé laissait supposer qu'ils avaient de toute évidence assisté les musiciens de leurs encouragements depuis un certain temps sinon un temps certain. Victor et Hélène se levèrent aussitôt. Ils quittèrent leur poste d'observation et se joignirent tout naturellement au groupe afin de gagner le lieu officiel du rendez vous.

Lorsque tout ce gentil petit monde fut parvenu au belvédère, une foule l'attendait déjà. En habile stratège celle-ci avait anticipé l'événement afin de pouvoir bénéficier des meilleures places réservées au public. Le maire, bonhomme et rondouillard, accompagné d'une personnalité apparemment des plus importantes, dont Victor et Hélène ignoraient la fonction véritable, et d'un bon vivant endimanché qu'ils identifiaient maintenant, et à coup sûr, comme étant le sculpteur dont l'œuvre devait être inaugurée, prit place près du monument partiellement dissimulé sous un long tissu aux couleurs catalanes. La fanfare municipale avança et prit le temps de jouer un « paso doble » dont le titre échappait à la culture musicale pourtant certaine de Victor. Puis le premier magistrat fit glisser lentement le long du monument la bannière sang et or. L'œuvre de bronze fut alors offerte aux regards de toute assistance : il s'agissait d'une main dressée vers le ciel tenant fermement, mais délicatement, entre le pouce et l'index, une baguette de chef d'orchestre qui de toute évidence était trop courte. La foule applaudit longuement avant que la fanfare n'entamât l'hymne du village. Puis, après l'ovation d'usage, hormis ceux qui, arrivés par avance, et qui n'auraient pour rien au monde pris la peine de quitter le rang qu'ils s'étaient d'office attribué, l'assemblée toute entière, sous la conduite des officiels, se déplaça pour descendre les quelques marches qui les séparaient d'une sorte d'auditorium construit en plein air où il convenait maintenant d'aller s'asseoir pour assister à un concert donné par la fameuse « Lyre de Castellón » engagée pour l'occasion. Les premiers à s'élancer se ruèrent, au risque même de tomber, pour choisir ce qu'ils estimaient être le meilleur point de vue parmi ceux qui restaient disponibles. La règle était claire : il fallait à tout prix se poser face à la scène, sur les gradins de pierre situés dans la partie centrale de l'hémicycle. Mais, c'est précisément à cet endroit que les deux premiers rangs avaient été réservés pour les plus hautes personnalités et leurs invités. Un ballet bizarre s'engagea alors entre les officiels et leurs proches qui s'efforçaient, pleins d'amabilité, d'échanger entre eux leur place respective ; tant et si bien que le premier magistrat de la commune lui-même finit par se retrouver hors des gradins, assis sur les marches de l'escalier central. L'incident eut pour effet d'offusquer ostensiblement, mais aussi de faire sourire discrètement, l'opposition municipale. De toute évidence, elle déplorait ce manque évident d'autorité mais se réjouissait secrètement de ce qu'elle percevait comme le présage d'un changement de pouvoir certain. D'autant que le leader de cette opposition quant à lui trônait sur un coussin normalement réservé aux membres de la majorité municipale.

Victor et Hélène, peu habitués aux usages en vigueur, furent parmi les derniers arrivés. Toutes les places sur les gradins étaient maintenant occupées. L'escalier central et les escaliers latéraux eux-mêmes étaient combles.

Mais, ils observèrent, amusés, un groupe de femmes qui se précipitait sur un reste de chaises pliantes qu'on avait apportées pour les musiciens et qu'on avait pris soin de dissimuler derrière la scène. Les sièges furent bien vite répartis parmi la gent féminine avant que les préposés à la surveillance n'aient le temps de feindre une quelconque volonté d'intervention. C'est ainsi qu'Hélène s'est vue attribuer d'office, par une mégère rondelette et toute vêtue de noir qui d'autorité avait pris la direction des opérations, de quoi soutenir son postérieur le plus confortablement du monde. Quant à Victor, rendu moins chanceux de par la triste virilité de son état, il croisa simplement les jambes pour prendre place, en tailleur, à même le sol, aux côtés de sa compagne. Le jeune couple se retrouvait ainsi sur le côté droit de la scène et, les musiciens de la « Lyre de Castellon », disposés en arc de cercle, n'offraient à leur regard qu'une obscure rangée de dos qui, en premier plan, venait boucher toute perspective. En revanche, ils pouvaient facilement observer l'homme chargé de diriger l'ensemble. En effet, le chef, monté sur une petite estrade, leur apparaissait presque de face. Juste derrière Victor, près d'un landau vide, assise sur une chaise, une femme serrait son bébé entre ses bras. Une jeune fille s'avança sur le devant de la scène et prit la parole en valencien pour souhaiter au public la bienvenue, féliciter la fanfare de sa remarquable prestation et annoncer la suite du programme.

Lorsque la musique commença, Victor fut très surpris par la qualité de ce qu'il entendait. Certes, on ressentait de temps à autres les limites techniques de certains instrumentistes mais, l'ensemble était bien plus qu'honorable et surtout dirigé de main de maître. Le jeune homme observa le chef un instant puis, naturellement, ses yeux se levèrent en direction du monument qui dominait l'assemblée. Il constata alors secrètement que l'idéologie était bien là : jusque dans le bronze l'ordre était respecté. La musique était devenue la transmission d'un code dans un cadre et des structures précises qu'il ne convenait surtout pas dépasser : le chef et sa baguette étaient là pour le rappeler.

La seconde pièce du répertoire, d'une facture particulièrement contemporaine, fut exécutée de manière remarquable malgré les multiples pièges qu'offrait son interprétation. Victor comprenait parfaitement le rôle que ce morceau devait tenir pour celui qui s'efforçait de conduire des musiciens totalement soumis à son autorité. Les rictus qui lui gâtaient le visage, les grosses gouttes de sueur qui baignaient son front étaient la preuve évidente de l'intérêt particulier que l'homme chargé de la direction portait à cette œuvre, non seulement d'un point de vue strictement musical, mais aussi, et sans doute surtout, quant à l'image de marque qu'il voulait donner à son public.

C'est au début de ce second morceau que le biberon de l'enfant est tombé. En homme galant, Victor tenta bien de le ramasser mais, la jeune mère l'avait précédé. Elle l'a longuement regardé : elle semblait un peu gênée d'avoir dérangé son écoute. Il la rassura d'un sourire. Aux trois-quarts du morceau, un chien s'est mis à aboyer avant que les cloches se fassent bruyamment entendre. Ceci sembla perturber le chef. Non pas qu'il craignît quelque chose pour lui-même ; il était, de par son expérience, bien évidemment capable de continuer à battre la mesure en toute circonstance. Mais, il avait peur que les musiciens les moins expérimentés de son harmonie ne se laissent entrainer sur un autre tempo. Victor put lire son soulagement lorsque les onze coups furent enfin sonnés.

Au cours de l'exécution de la troisième œuvre, l'enfant s'est mis à babiller. La mère a bien essayé de le faire taire en le berçant un peu plus fort mais, le babillement s'est bientôt transformé en un véritable chant venant perturber, contrecarrer, mais aussi enrichir, un morceau aux allures trop martiales. Les deux cuivres situés juste devant Victor se sont alors retournés pour identifier l'origine du son parasite. Ils semblaient gênés, dérangés, presque choqués. L'enfant chantait de plus en plus fort. Autour de Victor, le public souriait et regardait le bébé ; la mère, maintenant, voyant que son enfant était devenu le centre d'intérêt, rayonnait. Les yeux de Victor se sont alors de nouveau dirigés vers le monument. Il lui est apparu soudain bien petit. En réalité, l'enfant venait de lui porter le coup de grâce. La musique venait de perdre son cadre et sa direction. Elle n'était plus la représentante d'un ordre établi triomphant. Elle venait à l'instant même de basculer dans l'accidentel, l'imprévisible, bref, dans la vie. Ce n'était plus le monument à la musique qui était dressé là-haut. Ce n'était que la représentation, l'image d'une certaine idéologie qui voulait étendre, jusque dans l'art, de perfides et néfastes tentacules.

À cet instant, Victor reconnut en lui la résurgence de vieux travers. Certes, avec le temps, le jeune anarchiste qu'il avait voulu être sur les barricades de mai 68 s'était bien assagi. Il ne pensait plus aujourd'hui que le pouvoir se trouvait nécessairement au bout du fusil. Mais, cela ne l'empêchait pas de continuer, encore et toujours, à rechercher sous les pavés la plage.

Lorsqu'Hélène et Victor empruntèrent à nouveau le dédale de petites rues sinueuses pour rejoindre leur maison située à l'autre bout du village des terres ils semblaient ravis. La femme aimait beaucoup sortir le soir et, bien que n'étant pas particulièrement mélomane, ce qu'elle avait entendu l'avait largement comblée. Mais, elle s'était surtout réjouie de l'atmosphère générale de la petite fête villageoise et, ses instincts de dominatrice avaient secrètement apprécié de sentir l'être aimé se tenir assis à ses pieds toute la soirée. Quant à l'homme, il se réjouissait du constat qu'il avait pu faire et qui, selon lui, était capable d'animer une polémique des plus intéressantes.

Une fois dans la chambre, sa découverte lui parut si capitale qu'il voulut en toucher deux mots à Hélène. Mais, celle-ci ne comprit pas l'importance de sa découverte et l'accusa une fois de plus de tout ramener à des considérations politiques d'un autre âge. Dans le lit, il tenta bien de la prendre entre ses bras, comme pour se faire pardonner. Mais, le mal était fait. Elle se refusait à lui. Il se retourna. Et, demeurant sur ses positions, il pensa ce soir là que, jusque dans l'amour même, l'idéologie parvenait à étendre ses perfides et néfastes tentacules.Les hommes sont ainsi faits: souvent incorrigibles.

En guise d'épilogue

Les effluves sucrés d'un thé à la menthe envahissaient les trois étages de la maison ...

Pour Victor, installé à sa table de travail, devant le clavier de l'ordinateur, les choses étaient enfin arrivées à leur fin. Il était convaincu d'avoir terminé sa tâche, la forme définitive de son récit. Cependant, pour lui qui avait envisagé de créer une écriture qui ne se voulait rien d'autre que la recherche d'une certaine vérité, d'une certaine beauté, de nombreuses questions demeuraient. Pourquoi serait-il capable de confier à son lecteur une vérité qui se révélait indicible par nature ? Comment aurait-il la possibilité d'expliquer à ses congénères une beauté qui relevait de l'ineffable ? Comment parviendrait il à décrire ce qui appartenait à l'indescriptible ? Pourquoi aurait-il l'outrecuidance lui, pauvre mortel, d'atteindre ce qui par nature touchait à l'infini ?

Les réponses à ces questions, sans doute lui échapperaient à jamais. Mais, en les posant une autre interrogation lui vint à l'esprit quant aux véritables raisons qui l'avaient poussé à entreprendre ce travail.

La solution était là, à portée de main. Elle l'attendait depuis des siècles. Fondamentale de clairvoyance. Ne venait-il pas en effet de prendre conscience des similitudes qui, de toute évidence, existaient entre sa propre quête et celle de son illustre prédécesseur, cet ingénieux hidalgo comme lui natif de la Manche.

Tous deux avaient en effet entrepris un long et étrange voyage, un itinéraire mené au nom d'un idéal qui relevait de l'imaginaire. Il s'agissait bien là de deux traversées qui conduisaient tant l'artiste que le chevalier aux portes mêmes d'une réalité qu'il leur était nécessaire de transformer, de transcender. Il fallait bien que les moulins à vent devinssent des géants pour que les don quichotte puissent envisager de les combattre.

Tous deux étaient guidés par la seule nécessité. L'un fut chevalier errant par vocation : il ne pouvait en être autrement. De même c'est par force que l'autre en était venu à s'asseoir devant un écran pour tâtonner sur un clavier.

Victor prenait conscience que, comme l'ingénieux hidalgo, les artistes et les écrivains mènent leur œuvre à plein temps : ils sont artistes quand ils créent bien sûr mais aussi quand ils vivent, quand ils mangent, quand ils dorment, etc.

Les effluves sucrés d'un thé à la menthe envahissaient les trois étages de la maison. Bien qu'il aimât cette odeur familière une force mystérieuse allait pousser Victor à quitter définitivement ses pénates...

Victor et don Quichotte se devaient d'envisager la réalité sous un autre angle pour donner à voir au lecteur un aspect du monde qu'il n'avait pas soupçonné : il faut bien bouleverser le réel puisque celui-ci est insupportable à l'artiste et au chevalier.

On parle alors de démence. Sans doute à juste titre. Mais, si le monde est fou, la folie de l'individu n'est-elle pas alors la seule façon de rendre la folie de ce monde vivable. La démence de don Quichotte est réelle et visible.

Lui-même finit par la percevoir lorsqu'il lutte contre le chevalier aux miroirs. C'est en prenant conscience de son propre reflet, de sa propre image, que l'audacieux hidalgo constate qu'il est son propre ennemi. C'est contre lui-même que se bat don Quichotte. Il en est de même pour l'artiste. Victor est son propre ennemi. Ses tendances et ses conditionnements, voilà bien ce qu'il lui appartient d'affronter. Ce n'est que contre sa propre médiocrité qu'il doit sans cesse lutter.

Le rêve de don Quichotte, retiré dans la grotte de Montesinos, site initiatique par excellence, paradigme du lieu naturellement vide qui ne demande qu'à être rempli par l'imaginaire de son accidentel occupant, apparait alors à Victor comme l'occasion de donner à voir le processus même de la création. Toute quête n'est-elle pas la simple conséquence d'un rêve éveillé ? L'acte créateur n'est-il alors rien d'autre qu'une mystification, une fable à laquelle le lecteur ou le spectateur accepte de participer ? Sans spectateur pas d'art possible. Sans lecteur don Quichotte pas plus que Victor n'ont d'existence.

Les effluves sucrés d'un thé à la menthe envahissaient les trois étages de la maison. Bien qu'il aimât cette odeur familière une force mystérieuse allait pousser Victor à quitter définitivement ses pénates. D'une pression du pouce, il rentrera la pointe du stylo qu'il posera sur son bureau. Il refermera et rangera son cahier à la couverture rouge sur lequel il avait l'habitude de prendre ses notes, éteindra son ordinateur portable dont il rabaissera ensuite l'écran...

Pour Victor, la folie de don Quichotte atteint son paroxysme lorsque ce dernier, en inversant le processus de métaphorisation, en vient à confondre la fiction et la réalité, lorsque, réfugié dans une auberge, il n'hésite pas à détruire le castelet d'un marionnettiste pour sauver une princesse et son amant des geôles mauresques. A partir de cet instant ce n'est plus le réel qui est perçu comme fiction par le protagoniste mais c'est la fable elle-même qui devient à ses yeux réalité et donc vérité. L'art prend alors le pas sur le réel. La quête est enfin parvenue à son terme.

Les effluves sucrés d'un thé à la menthe envahissaient les trois étages de la maison. Bien qu'il aimât cette odeur familière une force mystérieuse poussa Victor à quitter définitivement ses pénates. D'une pression du pouce, il rentra la pointe du stylo qu'il posa sur son bureau. Il referma et rangea son cahier à la couverture rouge sur lequel il avait l'habitude de prendre ses notes, éteignit son ordinateur portable dont il rabaissa ensuite l'écran. Pour lui tout était clair. Le roman était là, terminé, prêt à être lu pour qui voudrait bien prendre la peine de fouiller quelque peu jusqu'au cœur du disque dur. Il n'avisa pas Hélène de son départ, tout occupée qu'elle était à l'élaboration d'un repas qu'il ne prendrait pas. Il ne gardait plus aucune trace des blessures anciennes. Il prit résolument et définitivement la direction de la Montagne.

Table

Collection A-tome
ISBN 978-2-907121-25-5
dépôt légal : mars 2019

Achevé d'imprimer par Corlet Numéric, Z.A. Charles Tellier, 14110 Condé-en-Normandie
N° d'Imprimeur : 155063 - *Imprimé en France*